KB011736

결혼

홈세 에세이 001

결혼

NOCES

알베르 카뮈 | 박해현 옮김

차례

일러두기

1. 번역 대본으로는 Albert Camus, *Noces suivi de L'été*(Gallimard, 2018)를 사용했다.
2. '원주'를 제외한 나머지 주석은 모두 옮긴이 주다.

사형집행인은 카라파 추기경의 목을 비단 밧줄로 매달았지만, 밧줄이 끊어졌다. 두 차례나 더 매달아야 했다. 추기경은 굳이 말 한마디 해주지 않은 채 사형집행인을 바라봤다.

—스탕달, 《팔리아노 공작부인》

편집자 일러두기●

오늘날 재출간된 이 에세이들은 1936년과 1937년에 쓰였고, 적은 부수로 제작돼 1938년 알제에서 간행됐다. 저자가 이 에세이들을 엄정하고 엄밀한 의미에서 항상 습작으로 여겨오긴 했지만, 이 새 판본은 아무런 수정 없이 제작됐다.

● 1959년 프랑스에서 《결혼 · 여름》의 합본이 출간될 때 추가된 것이다.

티파사에서의 결혼

봄이 오면, 티파사•에는 신(神)들이 강림해서 수런거린다. 태양과 향쑥 내음 속에서, 은빛 갑옷을 두른 바다에서, 천연의 푸른 하늘에서, 꽃으로 뒤덮인 폐허에서, 돌 더미 속에서 끓어 넘치는 빛의 굵은 거품 안에서.

들판에 햇빛이 시커멓게 흘러넘칠 때가 있다. 두 눈은 빛 방울과 속눈썹 끝에서 요동치는 색채 말고 다른 무엇을 붙잡으려 하지만 헛된 일이다. 엄청난 열기 속에서 향내 짙은 식물들이 목구멍을 긁어대고, 숨이 턱 막히게 한

• 알제리 북부의 해안 도시. 고대 로마 제국의 식민지 유적지로 유명하다. 생후 8개월부터 알제에서 살았던 카뮈는 청년 시절에 알제에서 서쪽으로 100킬로미터 떨어진 티파사를 자주 찾아가서 문학적 상상력의 원천으로 삼았다고 한다. 웅장한 슈누아 산맥을 배경으로 삼은 티파사 유적지는 짙푸른 지중해를 내려다보고 있어서 카뮈의 영혼에 왕성한 시심(詩心)을 불러일으켰다.

다. 가까스로, 풍경 깊숙이 들여다보면 마을 둘레 언덕에 뿌리내린 시커먼 덩치의 슈누아산이 듬직하고 둔중한 장단에 맞춰 움직이다가 바다에 들어가 웅크린다.

우리는 이미 바다를 향해 열린 마을에 이른다. 알제리의 여름 대지가 뿜어내는 향기롭고 매캐한 숨결의 환대를 받으며 노랑과 파랑의 세계로 들어간다. 곳곳에서 장밋빛 부겐빌레아가 별장의 담을 타고 올라 만발하고, 정원에는 아직 연한 붉은빛의 히비스커스가 고개를 내밀고, 크림처럼 걸쭉한 차 빛깔의 장미가 훤칠하고 푸른 붓꽃의 섬세한 테두리와 어울려 흐드러지게 피어 있다. 모든 돌멩이가 뜨듯하다. 우리가 미나리아재비꽃 색깔의 버스에서 내릴 즈음, 푸줏간 주인들이 빨간 트럭을 몰고 와 아침나절 순회 판매에 나서면서 트럼펫 소리로 마을 사람들을 불러낸다.

포구의 왼쪽으로, 메마른 돌계단이 유향나무와 금작화 사이에서 폐허로 인도한다. 길은 조그만 등대 앞을 지나 들판 한복판으로 뛰어든다. 벌써 등대 발치에서 굵은 식물들이 보라색과 노란색, 붉은색 꽃을 두툼하게 매단 채 바다가 요란한 입맞춤 소리를 내며 빨아대는 땅끝 바위들을 향해 내려간다. 우리는 선들바람을 쐬며 서서 햇볕에

한쪽 뺨만 데우고, 하늘에서 내려오는 빛살, 잔물결 하나 없는 바다, 치열(齒列)이 찬란한 파도의 미소를 응시한다. 우리는 폐허의 왕국에 들어서기 전에 마지막으로 관객 노릇을 한다.

몇 걸음을 옮기면, 향쑥 군락이 목구멍을 할퀸다. 향쑥의 회색 솜털이 끝도 모르게 폐허를 뒤덮고 있다. 향쑥의 진액이 열기 속에서 발효되고 방대한 알코올이 대지에서 태양까지 사방팔방으로 퍼지면서 하늘도 취해 비틀거리게 한다. 우리는 사랑과 욕망을 만나러 나아간다. 우리는 교훈을 찾지 않고, 위대함의 씁쓸한 철학도 찾지 않는다. 태양과 입맞춤과 야생의 향기 외에는 모두 쓸모없어 보인다. 나는 여기서 굳이 홀로 있으려고 하지 않는다. 종종 내가 사랑하는 사람들과 더불어 여기에 오곤 했고, 그들의 표정에서 사랑의 얼굴이 짓는 해맑은 미소를 읽어냈다. 이곳에서 나는 질서와 절제 따위는 남 줘버린다. 나를 송두리째 휘어잡는 것은 저 자연과 바다의 위대하고 자유분방한 사랑이다. 이러한 폐허와 봄의 결혼 속에서 폐허의 잔해들은 다시 돌이 되어 인간의 손길이 낸 광택을 지워버리면서 자연으로 회귀했다. 그 방탕한 딸내미들의 귀환을 맞아 자연은 아낌없이 꽃을 피워놓았다. 고대의 공공 집회 광장의 포석(鋪石) 틈으로 해맞이 식물은 둥글고 하얀 머리를 내밀고, 붉은 제라늄이 주택과 사원, 공회당의 옛터에 피를 쏟는다. 풍부한 지식 덕에 사람들이 신을 다시 깨닫게 되듯이, 숱한 세월을 거친 폐허는 자연의 어머니 품으로 다시 돌아왔다. 오늘에서야 마침내 폐허의 과거가 폐허를 떠났으니, 추락하기 마련인 사물들의 중심으로 폐허를 다시 데려가는 저 심오한 힘 앞에서 폐허는 해찰을 부리지 못한다.

향쑥을 으깨느라, 폐허를 쓰다듬느라, 내 호흡이 이 세계의 소용돌이치는 숨소리와 조화를 이루게 하느라 얼마나 오랜 시간을 보냈는가! 야생의 향내와 잠결 같은 곤충들의 연주 속에 파묻힌 나는 열기로 숨 막히는 하늘의 참을 수 없는 장엄함에 두 눈과 가슴을 활짝 연다. 자기 자신이 되는 것과 내면의 심오한 척도를 되찾는 것은 그리 녹록지 않다. 하지만 슈누아산의 단단한 등줄기를 물끄러미 바라보노라면, 내 가슴은 어떤 야릇한 확신으로 차분해진다. 나는 숨쉬기를 배웠고, 물아일체에 이르렀고, 자아 성취를 느꼈다. 내가 작은 언덕들을 하나씩 기어오를 때마다 언덕들은 저마다 내게 어떤 보상을 안겨다 줬다. 돌기둥들로 태양의 운행을 가늠해준 저 사원에 오르면 마을 전체가 보였고, 하얗고 발그레한 담장들과 녹색 베란다들이 눈에 들어왔다. 동쪽 언덕에 세워진 대성당도 그러했다. 허물어진 성당의 옛터에는 그래도 몇몇 벽의 잔해가 남아 있고, 그 성당 주변에는 출토된 고대의 석관들이 커다란 원을 그리면서 가지런히 놓여 있었다. 대부분 출토된 둥 만 둥 했으므로 아직 땅에 묻힌 셈이다. 망자가 들어 있던 석관들에선 이제 깨꽃과 향꽃무가 고개를 내민다. 성(聖) 살사 대성당은 기독교 사원이지만, 벽에 난 구멍으로 들여다볼 때마다 이 세계의 음악이 우리를 맞는다. 소나무와 사이프러스를 심은 작은 언덕들 또는 약 20미터에 걸쳐 제 하얀 강아지들을 뒹굴게 하는 바다. 성당을 받쳐 든 언덕 정상은 평평해서 바람이 성당 기둥들 사이로 더욱 거침없이 분다. 아침 태양 아래 크나큰 행복이 허공에서 맴돈다.

굳이 신화가 필요한 사람들은 매우 딱하다. 이곳에서 신들은 침대 노릇을 하고, 낮의 경과를 일러주는 표지판 노릇도 한다. 나는 묘사하고 말한다. "여기 빨강, 파랑, 초록이 있다. 이것들은 바다, 산, 꽃이다." 내가 코로 유향나무 열매 뭉개기를 좋아한다고 말하면 됐지 굳이 디오니소스 이야기를 들먹일 필요가 있을까? "지상에 살면서 이 사물들을 본 자는 행복할지어다." 훗날 내가 주저하지 않고 떠올리게 될 이 케케묵은 찬가는 데메테르 신이 지었던가? 본다는 것, 이 대지 위에서 본다는 것, 아하, 이 가르침을 어찌 잊겠는가? 엘레우시스 밀교 의식에 참석한 사람들은 오로지 관조하기만 해도 충분했다. 하지만 여기서조차 나는 흡족할 만큼 이 세계에 가까이 가지 못하리라는 걸 깨닫는다. 나는 옷을 모두 벗어 던진 뒤 아직 대지의 향유 내음을 풍기는 몸을 바다에 던져 땅의 정기를 바닷물로 씻어야 한다. 그토록 오래전부터 대지와 바다가 입술을 맞대고 열망한 포옹을 내 살갗 위에서 이뤄줘야 한다. 바다에 뛰어들자마자 나는 물의 충격을 느끼고, 차갑고 불투명한 접착제 같은 수중에서 솟아오른다. 이어서 다시 잠수하면 귀가 먹먹해지고 콧물이 흐르고 입 안은 짠맛으로 가득 찬다. 헤엄칠 때 바닷물 밖으로 삐져나와 반들거리는 두 팔이 금빛 햇살에 물들더니 온몸의 근육을 뒤틀면서 다시 수면을 친다. 물살은 내 몸을 훑으며 흐르고, 내 다리는 요동치면서 물결을 포획한다. 그리고 수평선이 사라진다. 해변에서 나는 모래밭에 털썩 드러누워 세계에 투항하고, 다시 햇빛 때문에 멍해진 채 살과 뼈의 무게를 느끼며 이따금 내 팔을 바라보니 물이 미끄러지면서 물기가 걷힌 살갗에서 금빛 솜털과 모래 가루가 드러난다.

나는 이곳에서 사람들이 영광이라고 일컫는 것을 깨닫는다. 그것은 거리낌 없이 사랑할 수 있는 권리다. 이 세상에는 오직 단 하나의 사랑이 있다. 여자의 육체를 껴안는 것, 그 또한 하늘에서 바다로 내려오는 저 기묘한 환희의 빛을 온몸으로 껴안는 행동이다. 곧이어 내가 향쑥 속으로 투신해 그 향기가 내 몸속에 스미도록 할 때, 나는 모든 편견을 물리치고, 하나의 진실을 성취하고 있다는 순간을 의식하게 되리라. 태양의 진실일뿐더러 내 죽음의 진실이기도 하다. 어떤 의미에서, 나는 이곳에서 나 자신의 삶을 걸고 도박한다. 내 삶은 따뜻한 돌의 풍미와 바다의 숨결과 이제 막 노래하기 시작한 매미 떼로 충만하다. 미풍은 상큼하고 하늘은 파랗다. 나는 마음껏 이 삶을 사랑하고 그것에 대해 자유롭게 말하고 싶다. 이 삶은 나의 인간 조건에 대해 자긍심을 갖게 한다. 하지만 사람들은 종종 내게 말한다. "자랑할 게 하나도 없어." 아니다. 자랑거리는 있다. 이 태양, 이 바다, 젊음이 용솟음치는 내 가슴, 소금 맛이 나는 내 몸, 그리고 노란빛과 푸른빛 속에서 마주치는 부드러움과 우아함의 거대한 무대장치가 있다. 그것들을 정복하기 위해 내 힘과 자질을 쏟아부어야 한다. 이곳에서는 그 무엇도 내게 손대지 않고, 나는 나 자신의 어느 것도 포기하지 않고, 그 어떤 가면도 쓰지 않는다. 사람들의 모든 처세술에 맞먹는 난해한 삶의 지혜를 끈기 있게 배우기만 하면 충분하다.

정오가 조금 못 되어 우리는 폐허를 지나 항구 끝의 한 카페로 되돌아온다. 태양과 온갖 색채들이 부딪쳐서 낸 심벌즈 소리가 머릿속에서 계속 울리는데, 그늘이 잔뜩 져서 어둑한 홀과 얼음 채운 초록색 박하 음료수 한 잔은 얼마나 상쾌하게 우리를 영접하는가! 바깥은 바다, 그리고 뜨거운 먼지로 불타는 길. 나는 테이블에 앉아 깜박거리는 속눈썹 사이로 하얗게 작열하는 하늘의 여러 빛깔 황홀경을 붙잡으려고 한다. 얼굴은 땀에 흠뻑 젖었지만, 얇은 옷을 입은 덕분에 서늘한 육체를 통해 우리는 이 세계와 결혼식을 올리는 날의 행복한 나른함을 펼쳐놓는다.

이 카페의 음식은 별로지만, 과일은 풍성하다. 특히 손님들은 복숭아를 한 입 베어 물어서 과즙이 턱밑에 흘러도 개의치 않는다. 나는 복숭아에 이를 깊이 박은 채, 내 피가 귓불까지 한 방에 솟아오르는 소리에 귀 기울이고, 두 눈을 활짝 떠서 바라본다. 바다 위에는 정오의 장대한 침묵. 모든 아름다운 것은 저마다 제 아름다움에 자연스레 자긍심을 지니고 있고, 오늘날 세상은 그 자긍심이 여기저기서 배어 나오게 놔둔다. 그 세상 앞에서, 내가 삶의 환희에 전적으로 목을 매서는 안 되는 줄 알고 있는데, 굳이 삶의 환희를 부정할 필요가 있겠는가? 행복하게 사는 것은 부끄러운 일이 아니다. 하지만 오늘날엔 멍청이가 임금님이다. 내가 말하는 멍청이란 즐김을 두려워하는 작자다. 사람들은 자만심에 대해서 그토록 입방정을 떨었다. "아시겠지만 그것은 사탄의 죄악입니다. 조심하세요. 당신은 타락하고, 활력을 잃게 됩니다"라고 사람들은 외쳤다. 그 이후 사실 나는 배웠다. 어떤 종류의 자만심이란……. 하지만 다른 순간에 나는 세상이 궁극적으로 내게 안기려는 삶의 자긍심을 당당하게 요구하지 않을 수 없다. 티파사에서 '나는 본다'란 말은 '나는 믿는다'와 같은 값을 이룬다. 그래서 나는 내 손이 만질 수 있고, 내 입술이 더듬을 수 있는 걸 부정하겠다고 굳이 고집하지 않는다. 그것으로 어떤 예술 작품을 만들 필요를 느끼는 대신 다른 이야기를 하고 싶다. 내 눈에 티파사는 하나의 세계관을 에돌아 의미하려고 그려지는 극 중 등장인물들처럼 보인다. 티파사는 등장인물들처럼 증언한다. 당당하게 그런다. 티파사는 오늘 내가 묘사하는 인물이다. 그를 애무하고 묘사하다보면, 나의 도취감은 끝날 줄 모른다. 살아가는 순간이 있는가 하면 삶을 증언하는 순간이 따로 있기 마련이다. 또한 창조하는 시간도 있다. 그건 덜 자연스럽다. 온몸으로 살아가고, 온 마음으로 증언한다면 나는 더 바랄 나위가 없다. 티파사를 살고 증언하라. 그러면 예술 작품은 뒤이어 올 것이다. 거기에 자유가 있다.

나는 한나절 넘게 티파사에 머문 적이 없다. 하나의 풍경을 느긋이 보려면 긴 시간이 필요하듯이, 그 풍경을 지나치게 오래 보고 말아서 질리는 때가 늘 오기 마련이다. 우리는 그냥 보는 게 아니라 곰곰이 바라본 끝에 산, 하늘, 바다에서 무미건조한 얼굴이나 휘황찬란한 얼굴을 발견한다. 모든 얼굴이 호소력을 지니기 위해서는 우리의 시선을 통해 어느 정도 새로워져야 한다. 그런데 사람들은 망각했던 세계를 다시 만나면 완전히 새로워 보인다는 사실에 감탄하기는커녕 삶이 너무 빨리 지겨워진다고 불평해댄다.

해 질 녘에 나는 국도 주변에 더 가지런하게 꾸며서 조성된 공원 한 귀퉁이로 되돌아오곤 했다. 향기와 태양의 소용돌이에서 빠져나와 이제는 저녁 기운으로 선선해진 공기 속에서 정신이 차분해졌고, 나른해진 육체는 충족된 사랑에서 태어난 내면의 침묵을 음미했다. 나는 벤치에 앉았다. 하루가 저물어가면서 둥글어지는 들판을 물끄러미 바라봤다. 나는 풍족했다. 내 머리 위에서 한 그루 석류나무가 봄의 모든 희망을 꽉 쥐고 있는 고사리 주먹처럼 오므라든 돋을무늬의 꽃봉오리들을 줄줄이 늘어뜨리고 있었다. 내 등 뒤에는 로즈메리가 피어 있었고, 나는 그것에서 오로지 알코올 향기를 느낄 뿐이었다. 언덕들은 나무들에 에워싸여 액자 같은 테두리를 둘렀고, 더 멀리 바닷가에선 하늘이 정박한 돛단배처럼 가장 편안한 자세로 휴식을 취하고 있었다. 내 가슴엔 묘한 기쁨이, 평온한 의식에서 생겨난 그 묘한 기쁨이 들어섰다. 연극배우들이 잘 아는 느낌이다. 배우들이 공연을 끝내고 제 역할을 충분히 잘했다고 의식할 때 얻는 느낌이다. 요컨대 더 정확하게 말해서, 배우들의 몸짓이 그들이 연기한 등장인물들의 몸짓과 일치했고, 배우들이 사전 제작된 그림의 내부로 문득 들어가서 자신들의 심장으로 단숨에 인물들을 살아 움직이게 했다는 느낌이 있다. 그때 내 느낌이 바로 그러했다. 나는 내 역할을 잘 연기했고, 인간의 직무를 다

해냈다. 내가 온종일 만끽한 기쁨은 유별난 하나의 성공이 아니라, 때로는 그저 행복해지는 일조차 의무 사항으로 만들어버리는 생의 어떤 조건을 부듯하게 충족시킨 듯했다. 그러고 나서 우리는 다시 고독을 되찾고, 이번에는 충족감과 더불어 고독해진다.

이제 나무들에는 새들이 가득 깃들었다. 대지는 어둠 속으로 들어서기 전에 천천히 한숨을 내쉴 것이다. 곧이어 첫 별이 돋음과 더불어 이 세계의 무대 위로 밤이 내릴 것이다. 낮을 환하게 밝힌 신들은 매일 치르는 그들의 죽음으로 되돌아갈 것이다. 하지만 다른 신들이 찾아오리라. 그리고 더 어둡더라도, 그 신들의 초췌한 얼굴들은 그래도 대지의 심층에서 태어날 것이다.

적어도 이 순간에는 모래밭에서 쉼 없이 부서지는 파도가 춤추는 금빛 꽃가루들의 공간을 관통해서 나에게 밀려오고 있었다. 바다, 들판, 이 땅의 향기를 통해 내 몸은 향기로운 생명으로 채워지고, 나는 벌써 금빛으로 물든 이 세계의 과일을 깨물면서, 그 달고 강렬한 과즙이 입술을 따라 흐르는 느낌에 압도당했다. 아니다. 중요한 것은 나도 아니었고, 세계도 아니었다. 세계와 나 사이에 사랑이 태어나게 하는 저 조화와 침묵만이 중요할 뿐이었다. 나는 그 사랑을 오롯이 나 혼자만을 위해 요구할 만큼 어리석지는 않았다. 태양과 바다로부터 태어나서 활달하고 풍류를 즐기고, 단순함 속에서 위대함을 길어 올리고, 해변에 똑바로 서서 저 하늘의 찬란한 미소에 공모의 미소를 던지는 종족이 있었다. 나는 그 종족 전체와 더불어 세계와 나 사이의 사랑을 공유하기로 의식했고, 거기에 자긍심을 느꼈다.

제밀라의 바람

정신 자체를 부정하는 어떤 진실은 그 정신이 죽는 장소에서 태어난다.

내가 제밀라•에 갔을 때, 바람이 불고 태양이 떴다. 하지만 그것은 나중에 따로 할 이야기다. 모름지기 먼저 말해야 할 것은, 무겁고 금 간 데도 없는 침묵이, 저울의 완벽한 균형 같은 그 무엇이 그곳을 지배하고 있었다는 인상이다. 새 울음소리, 구멍이 세 개뿐인 피리의 탁한 소리,

---

• 알제리 북쪽에 있는 고대 로마 제국의 식민지 도시 유적지. 해발 900미터의 바위투성이 고지에 세워졌으며, 로마인의 사원, 광장, 극장 유적이 남아 있다. 허버트 R. 로트먼의 평전 《카뮈, 지상의 인간》에 따르면, 카뮈는 1936년 프랑스 귀족 출신의 여자친구가 직접 모는 비행기를 타고 가까운 벗들과 함께 여행하면서 제밀라에 갔다고 한다. 카뮈는 제밀라의 고원지대에서 거센 풍력을 체험한 뒤 〈제밀라의 바람〉을 썼다. 그는 제밀라의 폐허가 유한한 인간의 소멸과 삶의 허무를 일깨우지만, 그처럼 허허로운 풍경 속에서 죽음을 정면으로 마주 보는 성찰을 통해 역설적으로 영원한 청춘의 힘을 키운다고 생각했다.

염소 떼의 발걸음 소리, 하늘에서 내려오는 웅얼거림, 이런저런 잡음들이 죄다 그곳의 침묵과 황폐함을 빚어냈다. 때때로, 메마르게 탁 무언가 닫히는 소리와 귀를 찢는 듯한 외침이 들렸다. 돌들 사이에 웅크리고 있던 새 한 마리가 날아오르는 중이었다. 우리가 좇아가는 모든 길, 허물어진 집들의 옛터 사이로 난 오솔길, 반들반들한 돌기둥 밑으로 포석이 깔린 큰길, 그리고 언덕 위 개선문과 사원 사이에 놓인 거대한 고대의 토론 광장, 이 모든 유적이 제밀라를 사방에서 에워싼 골짜기들까지 인도한다. 폐허의 잔해들은 끝없이 펼쳐진 하늘 아래에서 계속 까뒤집어 보이는 한 벌의 트럼프 카드 같았다. 하루가 저물어가고 주변의 산들이 보랏빛으로 변해 웅장해지면, 우리는 집중한 채 돌 더미와 침묵을 정면으로 마주 보게 된다. 그러나 제밀라의 고원 위로 바람이 불어닥친다. 빛과 폐허를 뒤섞는 바람과 태양의 저 장엄한 융합 속에서 빚어진 그 무엇인가가 스러진 도시의 고독과 침묵을 동반한 가운데 인간에게 자신의 정체성을 가늠할 척도를 선사한다.

제밀라까지 가려면 꽤 오래 걸린다. 그곳은 잠시 발길을 멈췄다가 더 먼 곳으로 가기 위해 거쳐가는 도시가 아니다. 어느 곳으로도 인도하지 않고 그 어떤 고장을 향해

나 있지도 않다. 사람들은 거기 갔다가 집으로 되돌아올 따름이다. 그 죽은 도시는 구불구불한 길 끝에 있다. 한 굽이 돌 때마다 나타날 듯하다가 숨어버려서 그만큼 더 멀어 보인다. 마침내 드높은 산들 사이에 틀어박히고 빛 바랜 고원 위에서 해골 더미처럼 누리끼리한 도시의 앙상한 골격이 도드라지면, 제밀라는 그제야 이 세계의 박동하는 심층으로 오로지 우리를 인도할 뿐인 저 사랑과 인내의 교훈을 상징하는 형상이 된다. 거기 몇 그루 나무들과 메마른 풀잎 사이에서 제밀라는 천박한 경탄과 볼거리에 집착하는 호기심 혹은 희망을 찾는 놀이에 맞서 자신의 산과 돌을 수호한다.

그 삭막한 찬란함 속에서 우리는 종일 싸돌아다녔다. 오후가 돼서야 살랑거리기 시작한 바람이 시간이 지남에 따라 조금씩 거세지더니 모든 풍경을 가득 채워버린 듯했다. 바람이 멀리 동쪽으로 난 산과 산 사이의 협곡에서 일어나 지평선 깊은 곳으로부터 와서 몰아치더니 돌과 햇빛을 가르면서 폭포처럼 쏟아졌다가 솟구쳐 올랐다. 바람은 잠시도 멈추지 않고 폐허를 관통하면서 세차게 불었고, 돌과 흙의 원형경기장 터를 휘돌다가 비바람에 긁힌 돌더미를 덮치더니, 돌기둥 하나하나씩 제 숨결로 껴안고 나서 하늘 아래 활짝 열린 토론 광장에서 쉴 새 없이 비명을 지르며 퍼져나갔다. 돛폭처럼 내 몸이 바람에 펄럭이는 느낌이 들었다. 내 몸통을 움푹 웅크린 상태에서, 두 눈은 불에 덴 듯하고, 입술은 바지직 소리를 냈고, 살갗은 바짝 말라서 더는 내 몸이 아닌 듯했다. 이전에는 그 살갗에서 이 세계의 글쓰기를 해독하곤 했었다. 세계는 여름 숨결로 살을 덥히거나 된서리의 이빨로 깨물면서, 거기에 애정과 분노의 표시를 남겼었다. 그러나 그토록 오랫동안 내 몸을 문지르는 바람에 한 시간 넘게 휘둘리면서 저항하느라 넋이 나간 나는 몸의 윤곽조차 의식하지 못하게 됐다. 물살에 씻겨 반들반들해진 조약돌처럼 나는 바람에 닦여 영혼까지 너덜너덜해졌다. 나를 허공에 띄운 그 힘에 처음에는 조금, 나중에는 더 많이 동화됐고, 마침내 내 피가 고동치는 소리와 모든 곳에 편재하는 자연의 심장이 고동치는 소리를 구분하지 못하게 되면서 그 힘 자체가 됐다. 바람은 나를 둘러싼 불타는 나체의 이미지에 맞춰 나를 벗어냈다. 덧없이 사라져가는 순간에 나를 껴안은 바람은 돌이 된 듯한 나에게 여름 하늘을 배경으로 서 있는 하나의 돌기둥이나 한 그루 올리브나무의 고독을 안겨주었다.

햇빛과 바람의 난폭한 씻김은 내 생명력을 소진시켰다. 겨우 내 안에는 고개를 드는 날갯짓 소리, 신음하는 생명, 정신의 미약한 반항이 남았을 뿐. 이내 천지 사방으로 흩어져 기억이 가물가물해지고, 나 자신으로부터 잊힌 나는 저 바람이 된다. 그 바람 속에서 나는 저 돌기둥이고, 저 궁륭이고, 따뜻해진 저 포석이고, 황량한 도시 주변의 창백한 산이다. 나는 나 자신과 분리되면서 동시에 세계 속에 있음을 이토록 생생하게 느껴본 적이 없다.

그렇다. 나는 여기에 있다. 그런데 놀랍게도 한 발짝 더 멀리 나아갈 수가 없다. 종신형을 받고 갇힌 사람처럼, 그래서 그에게는 모든 것이 여기에 있다. 하지만 동시에 내일이 오늘과 유사하고, 다른 모든 앞날도 비슷함을 알고 있는 사람 같기도 하다. 자신의 현재를 의식하는 사람은 앞날에 더 기대할 것이 없기 때문이다. 만약 영혼의 상태를 일러주는 풍경이 있다면 가장 천박한 것이리라. 그래서 나는 이 고장 어디에서건 내게 속하는 것이 아니라, 우리 모두에게 공통된 죽음의 맛 같은 무언가를 뒤따라가고 있었다. 그때 비딱한 그림자를 드리운 돌기둥들 사이에서 상처 입은 새 떼 같은 불안이 공기 속에 녹아 있었다. 그리고 그 불안의 자리에 저 삭막한 자명성(自明性)이 자리 잡은 것. 불안감은 살아 있는 사람들의 마음에서 태어난다. 그러나 고요함이 그 살아 있는 가슴을 완전히 덮어줄 것이다. 내 모든 명석함은 여기까지다. 한낮이 저물어감에 따라, 소리와 빛이 하늘에서 내려오는 재 가루에 덮여 숨을 죽임에 따라 스스로에게 버림받은 나는 내 안에서 '아니다'라고 외치는 굼뜬 힘에 맞서 무방비 상태가 되는 것을 느꼈다.

포기와는 아무런 공통점이 없는 거절이 있음을 이해하는 사람은 드물다. 여기서 앞날이라든가 더 나은 존재라든가 상황이란 말들은 무슨 의미가 있는가? 마음의 진보가 무슨 의미를 지니는가? 내가 세상의 모든 '뒷날'을 완고하게 거부하는 것은 당연히 오늘 내가 누리는 풍요를 포기하지 않으려는 의지 때문이다. 죽음이 또 다른 삶을 열어준다는 믿음은 즐겁지 않다. 나한테 죽음은 닫힌 문에 지나지 않는다. 죽음이란 우리가 반드시 결행해야 할 발걸음이 아니라 끔찍하고 추잡한 모험이라고 말하고 싶다. 사람들이 내게 건네는 제안이란 인간이 저마다 지닌 삶의 무게를 덜어주겠다는 소리일 뿐이다. 그런데 제밀라의 하늘 높이 큰 새들이 묵직하게 비행하는 풍경을 바라보면서 내가 요구하고 획득하려는 것은 오로지 삶의 어떤 무게일 따름이다. 이 수동적인 정열에 온몸을 던지고 나면 나머지는 더 이상 내 소관이 아니다. 죽음을 거론하기에는 내 안에 너무 많은 젊음이 자리를 차지하고 있다. 하지만 그래도 말해야 한다면, 공포와 침묵 사이에서 어떤 희망 없는 죽음을 의식하는 확신을 표현하기에 가장 적합한 단어를 찾을 곳은 바로 이곳이라고 생각한다.

사람은 익숙한 몇몇 생각들을 품고 살아간다. 기껏해야 두세 가지 생각이다. 어쩌다 이런저런 사회와 사람들을 만남에 따라 그 생각들을 닦고 손본다. 진짜 자기 것이라고 내놓고 말할 수 있는 생각을 확보하기까지 10년은 걸린다. 당연히 약간 기가 죽는다. 하지만 그런 과정을 거침으로써 세상의 아름다운 얼굴에 나름대로 친숙해진다. 지금껏 세계를 정면으로 바라본 사람은 세상의 옆모습을 보기 위해 옆으로 한 걸음 옮겨야 한다. 젊은이는 세계를 정면으로 바라본다. 젊은이는 죽음이나 무(無)의 공포를 곱씹어본 적이 있더라도 죽음과 무의 관념을 반질반질하게 다듬을 시간이 없었다. 젊음이란 바로 그런 것, 죽음과의 혹독한 정면 대결이고, 태양을 사랑하는 동물의 육체적 공포, 그런 것일지도 모른다. 통념과는 반대로, 적어도 이런 측면에서 청춘은 환상을 품지 않는다. 청춘은 환상을 수립할 시간도 경건함도 없다. 그래서 나는 어찌 된 영문인지는 모르겠지만, 저 주름진 골짜기를 보면서, 저 돌의 침울하고 엄숙한 비명을 보면서, 해 떨어지면 인간의 자취가 사라지는 제밀라, 저 희망과 색채의 죽음을 보면서 확신했다. 생의 종말에 이르렀을 때 인간이라는 이름에 합당한 사람들이 반드시 저 정면 대결의 상태로 되돌아가야만 하고, 그때까지 지닌 몇몇 생각 따위는 부정해 버리고, 자신의 운명을 정면으로 마주했던 고대인들의 눈에서 빛난 순수와 진실을 되찾아야 마땅한 것이다. 그 사람들은 젊음을 되찾고, 그것은 죽음을 껴안음으로써 되찾는 젊음이다. 이런 측면에서 볼 때 질병만큼 야비한 것은 없다. 질병은 죽음을 치료하는 약이다. 질병은 우리가 죽음에 대응할 준비를 할 수 있도록 죽음 실습 코스를 연다. 그 첫 단계는 환자의 자기 연민이다. 사람이 궁극적으로 죽고 만다는 확신을 회피하려고 엄청나게 들이는 노고를 질병은 뻔뻔하게 도와준다. 그러나 제밀라는…… 그래서 그때 나는 문명의 참되고 유일한 진보란, 사람이 때때로 매달리는 그 진보란 스스로 의식하는 죽음의 창조란 걸 확실히 느끼게 된다.

언제나 놀랍게도 우리는 다른 주제에 대해서는 그토록

세련된 의견을 기꺼이 개진하면서도 죽음에 대한 생각은 빈곤하기만 하다. 죽음은 좋거나 나쁘다는 식이다. 죽음을 두려워한다거나 반대로 죽음을 호출한다(그런다고들 한다)는 것이다. 하지만 이는 단순한 것일수록 우리의 이해 능력 밖에 있다는 사실의 증거이기도 하다. 푸른색은 무엇이고 푸른색에 대해 생각한다는 것은 무엇인가? 죽음에 대해서도 마찬가지로 대답하기가 어렵다. 죽음과 색채에 대해서 우리는 토론할 줄 모른다. 그렇지만 여기 내 앞에 땅처럼 무겁게 누워서 내 앞날의 모습을 예고하는 이 망자는 매우 의미심장하다. 나는 그에 대해서 참되게 생각할 수 있는가? 나는 반드시 죽는다고 혼잣말을 하지만, 아무 의미도 없는 말이다. 왜냐하면 나는 도저히 죽음을 믿지 못하고, 내가 가진 것이라고는 타인들의 죽음에 대한 경험뿐이다. 나는 사람들이 죽는 것을 보아왔다. 게다가 나는 개들의 죽음을 봤고, 그 사체를 만질 때마다 충격에 휩싸였다. 그때 나는 꽃, 미소, 여자를 향한 욕망을 떠올려본다. 그러면 죽음에 대한 공포의 뿌리는 삶에 대한 질투라는 걸 깨닫는다. 내가 없는 미래에 살 사람들, 꽃과 여자를 향한 욕망이 살과 피로 된 의미를 지니고 있음을 만끽할 사람들을 질투한다. 이기주의자가 되지 않기에는 삶을 너무 사랑하기 때문에 부러워한다. 영원성이 나한테 무슨 의미가 있겠는가? 어느 날 여기에 누워 이런 말을 들을 수도 있다. "당신은 강한 사람이니 내 솔직히 말하리다. 당신은 죽게 된다고 말씀드릴 수 있소." 양손에 목숨을 몽땅 움켜쥐고, 배 속에 공포를 몽땅 쑤셔 넣고, 멍청한 눈길을 던지면서 여기 있다. 그 이외에는 무슨 의미가 있겠는가. 피의 물결이 몰려와 관자놀이를 때리자 나는 주변의 모든 것을 깔아뭉개버릴 듯하다.

그러나 사람들은 그런 것들에도 불구하고, 삶의 무대장치에도 불구하고 죽는다. 혹자는 "네가 완쾌되거든……" 이라고 말하지만, 그래도 사람들은 죽는다. 나는 그런 걸 바라지 않는다. 자연이 거짓말을 하는 날이 있는가 하면, 참말을 하는 날도 있다. 제밀라는 오늘 저녁 참말을 하는데, 얼마나 엄청난 슬픔과 끈질긴 아름다움으로 말하는가! 내 경우, 자연을 마주하면서 거짓말을 하고 싶지 않고, 사람들이 내게 거짓말하기도 원치 않는다. 나는 끝까지 환하게 깨어 있고 싶고, 내가 지닌 질투와 공포가 넘쳐나는 가운데 나의 최후를 응시하고 싶다. 내가 세계와 분리됨에 따라 나는 죽음을 두려워하게 된다. 그리고 무궁무진한 하늘을 관조하는 대신 살아 있는 사람들의 운명에 집착함에 따라 나는 죽음을 두려워하게 된다. 그러므로 우리는 스스로 의식하는 죽음을 창조함으로써 우리와 세계를 분리하는 간격을 줄이게 되고, 영원히 잃어버린 그 세계의 승화된 이미지를 의식하면서 기쁨에 들뜨지도 않은 채 완전체 속으로 들어가게 된다. 이리하여 제밀라 언덕의 슬픈 노래는 쓰디쓴 가르침을 내 영혼에 더 깊숙이 박아 넣는다.

저물녘에 우리는 마을로 가는 비탈길을 올라갔다. 왔던 길을 되돌아가면서 우리는 인솔자의 설명에 귀를 기울였다. "여기는 이교도의 도시이고, 대지 위로 솟아난 저 구역은 기독교도의 땅입니다. 나중에는……." 그래, 맞아. 숱한 인간과 사회가 이곳을 번갈아 차지했다. 정복자들은 저급한 문명으로 이 고장에 표식을 남겼다. 그들이 생각하는 위대함은 저열하고 우스꽝스러웠고, 정복한 땅의 면적으로 제국의 위대함을 가늠했다. 경이롭게도 정복자들이 세운 문명의 폐허가 바로 정복자들의 이상(理想) 자체를 부정한다. 왜냐하면 해 질 녘에 개선문 주위로 비둘기 떼가 날아오를 때, 높은 곳에서 내려다보면, 이 해골 같은 도시가 정복과 야심의 표식을 하늘 속에는 새겨놓지 못했음이 뚜렷이 드러나니까. 이 세계는 늘 인간의 역사를 정복하고 만다. 제밀라가 산과 하늘과 침묵 사이로 던지는 저 커다란 돌의 외침. 거기에 새겨진 시(詩)를 나는 잘 안다. 자명성과 무덤덤, 요컨대 절망 혹은 아름다움의 참된 낯빛. 벌써 우리가 떠나온 저 위대함을 보면서 가슴이 조여든다. 비가 내릴 듯 서글픈 하늘, 고원 반대편에서 들려오는 새의 노랫소리, 언덕 비탈길 위에서 갑작스럽고 신속하게 이동하는 염소 떼의 흐름, 쫙 펴지면서 울림을 남기는 황혼, 제단의 정면 벽 꼭대기에 새겨진 뿔 달린 신의 생생한 얼굴과 더불어 제밀라는 우리 등 뒤에 남는다.

알제의 여름

—자크 외르공●에게

● 프랑스의 고전학자인 자크 외르공(1903~1995). 알제 대학에서 카뮈를 가르치면서 그 재능을 일찍 알아봤다고 한다.

흔히 우리는 어떤 도시와 은밀한 사랑을 나눈다. 파리, 프라하, 그리고 심지어 피렌체 같은 도시들은 제 안으로 움츠러들고 울타리를 치면서 자기 고유의 세계를 제한한다. 하지만 알제•는 바다가 보이는 몇몇 천혜의 도시들과 마찬가지로 하늘을 향해 벌어진 입 혹은 열상(裂傷) 같다. 알제에서 우리가 사랑할 수 있는 대상은 누구라도 살면서 누리고픈 것이다. 길모퉁이를 돌 때마다 보이는 바다, 햇

• 고대부터 지중해 무역의 중심지였다. 기원전 9세기에는 카르타고, 기원전 2세기에는 로마 제국, 7세기에는 아랍, 16세기에는 오스만 튀르크 제국의 지배를 받았고, 19세기부터 프랑스 식민지가 됐다. 1962년 알제리가 독립해 알제를 수도로 삼았다. 카뮈는 1913년 11월 7일 알제리의 소도시 몽도비에서 태어났지만, 늘 알제를 '진정한 고향'이라고 했다. 그가 생후 8개월부터 알제의 빈민가 벨쿠르에서 자라며 청년기를 보냈기 때문이다. 카뮈는 부친이 제1차 세계대전에 징집돼 전사하는 바람에 편모슬하에서 어렵게 자랐다. 그는 고학 끝에 알제 대학을 다니면서 철학을 전공했다. 그의 청년 시절 산문집 《안과 겉》(1937), 《결혼》(1938)이 알제에서 출간됐다.

빛의 은근한 무게, 아름다운 사람들이 있다. 게다가 늘 그렇듯이, 이렇게 염치 불구하고 받는 선물일수록 속에는 더 은은한 향기가 들어 있다. 파리에서는 가끔 탁 트인 공간과 새들의 날갯짓 소리를 갈망하게 된다. 알제에서는 적어도 사람이 늘 충만하고, 거리낌 없이 욕망한다. 그래서 그는 자신의 풍요를 가늠할 수 있다.

자연의 지나친 축복이 얼마나 갈증을 유발하는지 이해하려면 아무래도 알제에서 오랫동안 살아봐야 한다. 이곳엔 지식, 교육, 자기 계발을 구하는 사람이 얻을 게 하나도 없다. 가르침 따위는 없다. 약속도 계시도 없다. 베풀기, 그것도 넘치게 베풀면서 흡족해한다. 죄다 눈에 안겨주기 때문에, 사람들은 즐기는 순간 깨닫는다. 그 즐거움은 치료제를 주지 않고, 그 기쁨은 희망을 남기지 않는다. 명석한 영혼을, 요컨대 위안을 찾지 않는 영혼을 환영할 뿐이다. 신념에 따라 행동하듯이, 명석하게 행동하기를 요구한다. 참으로 희한하게도 제가 먹여 키우는 사람에게 광휘와 비참을 동시에 안겨주는 곳이 아닌가! 전혀 놀랄 일도 아닌 게 또 있다. 이곳에서 태어나 감수성이 예민한 사람이 누리는 관능적 풍요는 동시에 저 극빈의 삶과 겹친다. 쓴맛을 주지 않는 진실은 없다. 그러니 내가 이 고장의 얼굴을 가장 사랑할 때는 가장 가난한 사람들과 함께 있을 때라고 한들 어찌 놀랄 일이겠는가.

사람들은 이곳에서 청년 시절 내내 각자의 아름다움에 알맞은 인생을 발견한다. 그러고 나서 영락과 망각에 처한다. 한때 그들은 육체에 모든 걸 걸었지만, 결국 잃고 말 운명이라는 것도 알았다. 알제에서, 젊고 활기찬 사람에겐 모든 것이 승리를 향한 도움과 기회다. 항만, 태양, 바다를 향한 테라스들의 유희 같은 빨갛고 하얀 무늬, 꽃밭과 경기장들, 생기발랄한 육체의 아가씨들. 하지만 청춘을 잃고 나면 어디 하나 정붙일 곳도 없고, 멜랑콜리를 스스로 치유할 곳도 없다. 다른 나라에서는, 이탈리아의 테라스, 유럽의 수도원 또는 남부 프랑스의 능선처럼 곳곳에서 사람이 인간성에서 탈주해 자기 자신으로부터 슬그머니 놓여날 수 있다. 하지만 이곳에서는 모든 것이 고독과 젊은 피를 요구한다. 괴테는 죽으면서 "더 많은 빛을!"이라고 외침으로써 역사적 명언을 남겼다. 하지만 알제의 벨쿠르와 바벨우에드에서는 노인네들이 카페 안쪽 깊숙이 어둠 속에 쭈그려 앉아서는 머리에 덕지덕지 기름을 처바른 청년들이 떠드는 허풍을 귀 기울여 듣는다.

이 모든 것의 처음과 끝이 알제에서 일어나는 때는 바로 여름이다. 몇 개월 동안 도시엔 인적이 끊긴다. 하지만 가난한 사람들은 남고, 하늘도 남는다. 그들과 함께 우리는 항구와 인간의 보물을 찾아 내려간다. 뜨듯한 바닷물과 여자들의 갈색 육체를 찾아서. 하지만 저물녘이면 그 풍요로움을 목구멍 끝까지 잔뜩 채운 가난한 사람들은 방수포로 만든 식탁보와 석유 등불로 장식된 그들만의 인생 무대 속으로 되돌아온다.

알제에서, 우리는 '수영을 한다'고 하지 않고, '수영을 때린다'고 한다. 더 늘어놓지는 않겠다. 우리는 항구에서 해수욕을 즐기고, 부표(浮標)에 올라타서 쉰다. 우리가 헤엄쳐 지나치는 부표에 이미 예쁜 아가씨가 자리를 차지하고 있다면, 멀리 있는 친구들에게 딴소리를 내친다. "정말이야, 갈매기거든." 그것은 건강한 즐거움이다. 청춘의 이상이다. 왜냐하면 그들 대부분은 겨울철에도 그렇게 살면서, 날마다 정오에 벌거벗고 해바라기를 하면서 소박한 점심을 먹기 때문이다. 그들이 나체주의자들, 즉 육체적 청교도의 따분한 설교 책자를(정신의 이론 체계 못지않게 성가신 육체의 이론 체계도 있으니까) 읽었기 때문이 아니다. 그저 '해바라기를 즐기는 것'이다. 우리 시대가 중요하다고 높이 평가할 리 없는 풍속이다. 2000년 만에 처음으로 벗은 몸이 해변에 놓이게 됐다. 스무 세기가 지나는 동안 인류는 고대 그리스의 방약무인과 솔직담백을 길들여 공손하게 만들고 육체를 주눅 들게 하고 의복을 복잡하게 하는 일에 매달렸다. 오늘날 저 역사 너머로 돌아가서, 젊은이들이 지중해 해변에서 달리기 시합을 벌이며 델로스 육상 선수들의 장엄한 몸짓을 되살린다. 그렇게 육체에 더 가까이 가서, 육체에 의해 살면서 우리는 육체의 속마음과 삶을 깨닫게 되고, 어처구니없게도 육체 특유의 심리학을 감히 구현하려고 한다.• 정신의 진화와 마찬가지로 육체의 진화도 나름대로 역사와 귀환과 전진과 결핍

• 앙드레 지드가 육체를 찬양한 방식을 내가 좋아하지 않는다고 하면, 웃음거리가 될까? 지드는 육체의 욕망을 억제함으로써 더 강렬하게 만들라고 한다. 그리하여 그는 사창가에서 비속어로 '꼴값을 떤다'라거나 '가방끈이 길다'라는 평을 듣는 사람들과 엇비슷해진다. 기독교 역시 욕망을 멈추게 하려고 한다. 그런데 기독교는 욕망을 금지해 더 자연스레 고행을 추구한다. 통 제조공이자 주니어 평영 선수권자였던 내 친구 뱅상은 이 분야에 대해서 더 뚜렷한 견해를 피력한다. 그는 갈증이 나면 마시고, 여자가 그리우면 동침할 여자를 찾아다니고, 그녀를 사랑하면 결혼할 것(그런 일은 아직 일어나지 않았다)이라고 한다. 그러고 나서는 늘 말했다. "훨씬 낫네." 이 표현은 우리가 포만감에 대해서 내놓을 수 있는 변명을 냅다 요약한다(원주).

을 골고루 품고 있다. 오로지 색깔의 미묘한 차이로 드러날 뿐. 여름철 해수욕장에 가보면, 온갖 육체의 피부가 동시에 흰색에서 금빛으로 변했다가 이윽고 갈색이 되고 마침내 둔갑할 수 있는 능력의 최대치인 담배 색깔로 마무리되는 과정이 한눈에 파악된다. 항구 위쪽에는 카스바 거리의 하얀 입방체 건물들이 옹기종기 모여 무늬를 이루고 있다. 해수면에서 바라보면, 그 아랍인 도시의 눈부신 흰색 벽을 배경으로 활보하는 숱한 육체들이 구릿빛 띠 장식처럼 보인다. 그리고 8월로 접어들어 태양이 더 작열함에 따라 흰색 집들은 더 눈부시고, 사람들의 살갗은 더 짙은 열기를 띤다. 그러니 태양과 계절에 발맞춰 돌과 살이 나누는 대화에 어찌 휩쓸리지 않을 수 있겠는가? 우리는 오전에 물에 풍덩 뛰어들어 튀어 오르는 물기둥 사이로 웃음꽃을 피우거나, 붉고 검은 화물선 주위에서 카누를 타고 힘차게 노를 저으면서 하루를 시작한다(화물선들 가운데 노르웨이에서 온 배는 목재 향내를 풍기고, 독일에서 온 배는 기름 냄새에 잔뜩 절어 있고, 알제리 연안을 오가는 배는 포도주와 해묵은 술통 냄새를 낸다). 하늘의 온갖 구석까지 햇빛이 넘쳐나는 시간이 되면, 갈색 육체들을 실은 오렌지빛 카누가 미친 듯한 속력으로 우리를 다시 실어다 준다.

그리고 과일빛의 날개가 달린 두 쌍의 노가 박자에 맞춰 움직이다가 갑자기 멈추고, 우리가 고요한 항구 안쪽으로 서서히 미끄러져 들어가면, 내가 지금 비단결 같은 물 위로 신들의 야생동물들을 운반하고 있고, 그 갈색 야수들이 내 형제임을 어찌 의심하겠는가?

하지만 도시의 반대쪽에서 여름은 벌써 대조적으로 다른 풍요를 권한다. 다름 아닌 침묵과 권태다. 침묵은 태양에서 태어났느냐, 어둠에서 태어났느냐에 따라 질이 다르다. 시청 광장에는 정오의 침묵이 깃든다. 광장 주변에 늘어선 나무 그늘 밑에서 아랍인들은 한 잔에 5수씩 받고 오렌지 꽃향기가 나는 레몬주스를 얼음을 채워서 판다. "시원합니다, 시원해요"라는 그들의 외침이 인적 드문 광장을 가로지른다. 외침이 가시면 침묵이 태양 아래 다시 내려앉는다. 장사치의 항아리 안에서 얼음이 뒤집히면서 내는 작은 소리까지 들린다. 낮잠 시간의 침묵도 있다. 마린 거리로 가서 구접스러운 이발소들 앞에 서면, 속이 빈 갈대 주렴 뒤에서 파리 떼가 구성지게 붕붕거리는 소리로 그 침묵을 헤아릴 수 있다. 다른 곳에서는, 카스바 거리의 무어인 카페에서는 사람의 몸이 침묵을 지킨다. 그들은 거기에서 몸을 빼내지도, 찻잔을 놓지도 못한 채 제 피의 고동 소리에 파묻혀 시간을 되찾지 못한다. 하지만 침묵이라면 무엇보다도 여름 저녁의 침묵이 으뜸이다.

하루가 밤 속으로 휘청거리며 쓰러지는 이 찰나가 얼마나 은밀한 신호와 부름으로 가득 차 있기에 알제가 내 안에서 이토록 밀착하는 것일까? 나는 이 지방으로부터 잠시 멀리 떨어져 있을 때, 그곳의 해 질 녘을 행복의 약속이나 되는 듯이 떠올린다. 도시를 굽어보는 언덕들에는 유향나무와 올리브나무 사이로 길들이 나 있다. 거기를 향해 내 마음이 되돌아본다. 검은 새 떼가 초록빛 지평선 위로 솟아오르는 광경을 그려본다. 홀연히 태양이 자취를 감춘 하늘에서 무엇인가가 축 늘어진다. 붉은 구름 덩어리가 기지개를 켜더니 대기 속으로 사라진다. 거의 동시에 첫 별이 돋아서 형상을 갖추더니 어둠이 짙어진 하늘에서 단단해진다. 그러고 나서 단번에 어둠이 온 누리를 삼키는 게 보인다. 이렇게 내빼는 알제의 저녁이 그 어디에도 비길 데 없는 무엇을 지니고 있기에 내 안에 그토록 많은 사물의 매듭을 풀어놓는 것일까? 그 저녁은 내 입술에 감미로움을 남겨놓는데, 내가 싫증을 낼 겨를도 없이 그 감미로움은 벌써 밤 속으로 사라져버린다. 내 안에서 끈질기게 되살아나는 저녁의 비결이 여기에 있을까? 이 고장의 부드러움은 마음을 뒤흔들면서도 덧없다. 그러나 부드러움이 이곳에 있는 순간, 적어도 내 마음은 송두리째 빠져든다. 파도바니의 해변에서는 댄스홀이 날마다 문을 연다. 긴 해안을 향해 활짝 열린 그 사각형 상자 안에서 가난한 동네 청년들이 하루가 저물도록 춤춘다. 종종 나는 이곳에서 특별한 순간을 기다리곤 했다. 한낮 내내 홀은 비스듬한 나무 차양에 가려서 햇빛을 막는다. 해가 사라지면 차양을 걷어 올린다. 그러면 홀은 하늘과 바다를 겹으로 두른 조가비가 돼 기이한 초록빛으로 꽉 찬다. 창문에서 꽤 떨어져 앉으면 하늘만 보이고, 차례차례 지나가면서 춤추는 사람들의 얼굴이 중국 그림자극의 인형들처럼 보인다. 때때로 사람들이 왈츠를 추면, 초록색 벽면 위로 시커먼 옆모습들이 축음기의 회전판에 오려 붙인 실루엣들처럼 집요하게 빙글빙글 돌아간다. 이윽고 밤이 빨리 오고, 등불도 더불어 켜진다. 그러나 그 미묘한 순간에 내가 접하게 되는 열기와 신비를 어떻게 표현해야 할지 모르겠다. 다만 오후 내내 줄곧 춤을 추고 있던 기막히게 훤칠한 아가씨는 기억난다. 그녀는 허리춤에서 다리까지 땀으로 착 달라붙은 푸른색 옷을 입고 목에는 재스민꽃 목걸이를 걸치고 있었다. 그녀는 춤출 때 웃어대면서 머리를 뒤로 젖혔다. 그녀가 테이블 곁을 스쳐 지나가면, 꽃과 살이 뒤섞인 향내가 뒤에 남았다. 저녁이 되자, 나는 파트너의 몸에 착 달라붙은 그녀의 몸을 더 알아볼 수 없었다. 하지만 하얀 재스민꽃과 그녀의 검은 머리카락이 하늘을 배경으로 갈마들면서 반점 같은 잔상을 흩뿌렸다. 그녀가 부푼 목젖을 뒤로 젖히면서 내는 웃음소리가 들렸고, 남자 파트너의 옆얼굴이 갑자기 앞으로 수그러지는 게 보였다. 순수란 무엇인가에 대한 내 생각은 이와 같은 저녁들에 신세 진 덕분에 형성된 것이다. 그리고 나는 그토록 격정에 사로잡힌 존재들을 그들의 욕망이 맴도는 하늘로부터 더는 떼어놓지 않도록 배운다.

알제의 동네 영화관에서는 이따금 박하사탕을 파는데, 그 봉지에는 사랑이 싹트려면 필요한 모든 말이 붉은색으로 새겨져 있다. 1. 질문: "저랑 언제 결혼해줄래요?", "저를 사랑하시나요?" 2. 대답: "미치도록 사랑해요", "봄이 오면 결혼해요". 남자는 먼저 분위기를 잘 다져놓은 뒤 옆자리의 여자에게 사탕을 건넨다. 여자는 마찬가지로 대답하거나 생뚱맞다는 표정으로 바보 시늉만 한다. 벨쿠르에서는 이런 식으로 여러 쌍이 결혼했고, 평생 인연이 박하사탕의 교환으로 맺어졌다.

젊음의 징표는 요컨대 손쉽게 행복을 누릴 수 있는 엄청난 재능일지도 모른다. 그러나 젊음이란 무엇보다도 마구 방출되는 듯한 삶의 서두름이다. 바벨우에드에서와 마찬가지로 벨쿠르에서도 사람들은 이른 나이에 결혼한다. 서둘러 노동하고, 10년 만에 일생의 경험을 다 맛본다. 서른 살의 노동자라면 쥐고 있던 패를 벌써 다 쓴 셈이 된다. 그는 아내와 자식 사이에서 생의 최후를 기다린다. 그의 행복은 느닷없었고 자비를 몰랐다. 삶도 마찬가지였다. 그제야 그는 자기가 행복을 한꺼번에 얻었다가 한꺼번에 잃는 고장에서 태어났음을 깨닫는다. 이 넘쳐나는 풍요 속에서 삶은 느닷없고, 까탈스럽고, 방만하고, 거대한 열정의 곡선을 그려간다. 일생은 쌓아가는 게 아니라 불태우는 것이다. 그러니까 심사숙고 또는 자기 계발 따위는 중요하지 않다. 예를 들어 지옥의 개념은 이곳에서 앙증맞은 농담일 뿐이다. 그와 유사한 상상력은 도덕군자에게나 합당할 따름이다. 나는 알제리 전역에서 '덕'이 아무런 의미도 없는 단어라고 확신한다. 여기 사람들이 원칙이 없어서가 아니다. 당연히 도덕이 있는데, 남다른 도덕률을 지킨다. 어머니에게 '버릇없이 굴지' 말아야 한다. 남편은 아내가 밖에서 존중받도록 처신해야 한다. 임산부를 배려해야 한다. 한 사람을 상대로 둘이서 덤비면 안 된다. 왜냐하면 '비열한 짓'이니까. 이런 기본 계율을 지키지 않는 사람에게 '그는 사나이가 아니다'라고 하면 다 끝난다. 이런 도덕이 정의롭고 효력이 있는 듯하다. 내가 알기로는 유일하게 사심이 없는 그 세속의 계율을 여전히 준수하는 사람이 많다. 하지만 동시에 장사치의 도덕을 경험한 적은 없다. 경찰관들에게 붙잡혀 끌려가는 한 사내를 향해 연민의 표정을 짓는 사람들이 내 주변에는 항상 있다. 그 사내가 도둑질을 했는지, 아비를 살해했는지, 아니면 그저 반항아인지 알아보기도 전에 사람들은 "불쌍한 작자"라고 말하거나 경의를 담은 뉘앙스로 "저 사람은 진짜 해적이야"라고 말한다.

알제리 사람들은 자긍심과 삶을 위해 태어났다. 그들은 권태를 다스리기 위해 가장 유별난 자질을 키워왔다. 또한 죽음을 느끼는 것이 가장 역겹다고 여기는 사람들이기도 하다. 관능적 즐거움을 제외하고 나면, 그들의 오락거리는 한심하다. 오랫동안 서른 살 넘은 사람들이 쇠공 던지기 모임과 친목회의 회식, 3프랑짜리 영화관과 지역공동체 축제만 있으면 더 바랄 나위가 없다고 한다. 알제에서는 일요일이 가장 을씨년스러운 날들 가운데 하나다. 이렇듯 고상한 정신을 지니지 못한 사람들이 삶의 뿌리 깊은 공포를 어찌 신화 창작으로 덮을 줄 알겠는가? 이곳에서는 죽음에 연관된 모든 것이 우스꽝스럽고 역겹다. 종교도 우상도 없는 이 사람들은 군중 속에서 살다가 저 홀로 죽는다. 이 세상에서 손꼽히는 절경들 가운데 하나를 마주하고 있건만 브뤼 대로의 묘지보다 더 흉측한 장소를 나는 본 적이 없다. 시커먼 주변 분위기에 둘러싸인 채 죽음의 민낯을 여실히 보여주는 묘지의 이 저급한 취향으로부터 끔찍한 슬픔이 솟아오른다. "추억을 제외한 모든 게 흘러 지나간다"라고 하트 모양의 묘비명은 말하고 있다. 그 묘비명들은 한결같이 한때 고인을 사랑했던 사람들이 헐값에 제공한 저 터무니없는 영원성을 누누이 강조한다. 모든 절망감이 어금버금한 문장들로 표현된다. 묘비명들은 망자를 향해서 이인칭으로 말을 건넨다. "우리의 추억은 그대를 저버리지 않으리라." 기껏해야 시커멓게 썩은 물에 지나지 않는 것에 하나의 육체와 욕망들을 안겨주는 음울한 영원성의 시늉. 다른 어느 무덤의 대리석에는 질릴 정도로 많게 꽃과 새가 새겨진 가운데 이런 무모한 서약이 쓰여 있다. "그대 무덤에 꽃이 끊기는 날은 없도록 하리라." 다행히 이내 우리는 걱정하지 않아도 된다. 그 묘비명 둘레엔 금박을 입힌 석고 꽃다발 장식이 새겨져서 살아 있는 사람의 시간 절약에 적합하다(이 불멸의 존재들이 그처럼 요란한 이름을 지니게 된 것은 아직 살아서 전차에 뛰어올라 타고 다니는 사람들 덕분이라는 듯이). 때로는 고전적인 꾀꼬리 장식 대신에, 시대 변화에 부응하기라도 하듯이 어리둥절하게도 구슬로 만든 비행기가 장식되어 있기도 하다. 멍청이처럼 보이는 천사가 비행기를 조종하는데 논리 따위는 아랑곳하지 않고 멋진 날개 한 쌍이 천사의 등에 달려 있다.

그런데 이런 죽음의 이미지들이 결코 삶으로부터 분리되지 않음을 나는 어떻게 설명할 것인가? 이곳에서 가치들은 서로 밀접하게 엮여 있기 마련이다. 알제의 장의업체 일꾼들 사이에 가장 인기 있는 농담이란, 그들이 텅 빈 영구차를 몰고 가던 길에 눈에 띈 어여쁜 아가씨들에게 "색시, 태워줄까?"라고 외치는 것이란다. 거북한 농담이긴 하지만, 어떤 상징을 발견하지 말라는 법은 없다. 누군가의 부고를 보고는 왼쪽 눈을 찡긋하면서 "딱한 친구, 더는 노래를 못 부르게 됐구먼"이라고 말하거나 평생 남편을 사랑해본 적이 없는 저 오랑• 여자처럼 "주님이 내게 그이를 주셨듯이, 주님이 내게서 그이를 되찾아 가셨다네"라고 반기는 것은 모독이라고 여겨질 수도 있겠다. 그러나 골고루 따지고 보면, 나는 죽음이 지닌 신성함이 무엇인지 모르겠고, 오히려 나는 공포와 존중 사이의 간격을 분명히 의식한다. 삶을 권유하는 이 나라에서도 죽음의 공포는 곳곳에 배어 있다. 그런데 바로 이 묘지의 담장 밑에서 벨쿠르의 젊은이들은 밀회를 즐기고 아가씨들은 입맞춤과 애무에 선뜻 몸을 내맡긴다.

당연히 이런 족속은 이 세상 모든 사람의 이해를 구할 수가 없다고들 한다. 이탈리아에서와 마찬가지로 이곳에는 지성이 끼어들 틈이 없다. 이 종족은 고상한 정신 따위엔 관심이 없다. 그들은 육체를 예찬하고 숭배한다. 그럼으로써 힘과 순진한 냉소주의, 그리고 유치한 허영을 기

• 알제리의 북서부에 자리 잡은 항구도시. 지중해의 패권이 바뀔 때마다 로마, 오스만, 스페인, 프랑스의 지배를 번갈아 받으면서 오랜 역사와 문화를 쌓아왔기 때문에 수도 알제에 버금가는 도시로 꼽힌다. 카뮈는 묘하게도 오랑 출신 여성 세 명과 친밀한 관계를 맺었고, 그중 수학 교사 프랑신 포르와 1940년 결혼했다. 카뮈는 오랑을 거닐면서 산문 여러 편을 썼을 뿐 아니라 오랑의 부이스빌 해변에서 발생한 살인 사건을 활용해 소설 《이방인》(1942)의 살인 장면을 구상했고, 철학 에세이 《시시포스의 신화》(1942)를 이곳에서 탈고했다. 이처럼 오랑에서 문학의 자양분을 대거 얻은 카뮈는 1947년 오랑을 실명 무대로 삼은 소설 《페스트》를 발표했다.

른다.• 그런 허영은 혹독한 대가를 치르기 마련이다. 그들의 '사고방식', 요컨대 삶을 이해하고 살아가는 방식은 다른 지방의 사람들로부터 일제히 욕을 먹는다. 하기야 어느 정도 삶의 밀도가 높아지면 부당함을 동반하기 마련이다. 하지만 여기 이 사람들은 과거도 전통도 없는 사람들이다. 그렇다고 시(詩)가 없지는 않다. 내가 잘 알고 있는 대로, 그 시는 엄정하고, 육감적 성질을 지니고 있다. 상냥함과는 거리가 멀고, 그들이 이고 사는 하늘이 상냥함과도 거리가 멀다. 하지만 그 시는 유일하게 나에게 감동을 안겨주고 나를 다시 일으켜 세운다. 문명화된 민중의 반대는 창조적 민중이다. 해변에 널브러진 이 야만인들을 보면서 나는 다소 어처구니없는 기대를 품는다. 그들이 저도 모른 채 인간의 위대함에 진정한 제 얼굴을 씌워주는 문화의 외양을 한창 빚고 있으리라. 이 사람들은 모두 현재에 내던져져 신화도 위안도 없이 살고 있다. 그들은 재산을 대지에 내려놓았고, 그 순간부터 무방비 상태로 죽음에 맞서고 있다. 그들은 아름다운 육체를 타고났다. 이런 풍요에 언제나 따라다니기 마련인 유

• 61쪽의 '노트'를 보라(원주).

별난 탐욕도 앞날을 생각지 않은 채 언제나 그들과 더불어 다닌다. 여기 사람들이 하는 모든 짓거리는 안정성을 역겨워하고, 미래 따위는 알 바 아니라는 태도를 도드라지게 보여준다. 사람들은 빨리빨리 살아간다. 만약 여기서 한 편의 예술이 태어난다면, 고대의 도리아 사람들이 항구성을 혐오했기에 굳이 나무를 깎아서 그들의 첫 번째 기둥을 만든 것과 같은 일이리라. 그렇긴 하지만, 그렇다, 우리는 거칠고 악착스러운 이곳 사람들의 얼굴에서, 전혀 상냥하지 않은 이 여름 하늘에서 어떤 절제와 동시에 과잉을 찾을 수 있다. 이 여름 하늘 앞에서라면 모든 진리를 마음 놓고 말할 수 있고, 이 하늘 표면에는 그 어떤 사기 치는 신이라도 희망이나 구원의 표식을 그어놓지 않았다. 이 하늘과 거기를 향해 돌아보는 얼굴들 사이에 신화학, 문학, 윤리학 또는 종교가 밀치고 들어설 틈이 없다. 하지만 돌과 살과 별, 그리고 손으로 만질 수 있는 진실이 있다.

어떤 땅과의 인연과 어떤 사람들을 향한 사랑을 느끼는 것, 돌아보면 마음이 조화로움을 찾을 수 있는 곳이 언제나 있음을 아는 것, 이만하면 벌써 여기에 한 사람이 평생 누리기엔 너무 많은 든든함이 모여 있다. 그런데 아무래도 충분치 않을지 모른다. 하지만 어느 때는 모두가 이 영혼의 고향을 열망하게 된다. "그래, 거기가 우리가 돌아가야 할 곳이야." 플로티노스가 갈망했던 일체감을 지상에서 다시 찾아내는 게 뭐 그리 이상한가? 그 일체감은 여기서 태양과 바다에 연관돼 표현된다. 그 느낌은 쓴맛과 단맛으로 꾸며진 저 어떤 살맛을 통해서 마음에 와닿는다. 나는 초인적 행복이란 존재하지 않음을, 나날의 곡선 바깥에 영원성이 놓여 있지 않음을 잘 알고 있다. 이 어처구니없으면서도 본질적인 재산, 이 상대적 진실들이 유일하게 내 마음을 울린다. 그 밖의 것들, 이른바 '이상적'이라는 것들까지 품을 자리가 내 영혼에는 없다. 바보처럼 굴어야만 한다는 게 아니다. 하지만 나는 천사들의 행복에서 아무런 의미도 찾지 못한다. 나는 단지 저 하늘이 나보다 더 오래간다는 사실을 알고 있을 뿐이다. 내가 죽은 뒤에도 지속되는 것이 아니라면 무엇을 영원성이라고 부를 것인가? 나는 여기서 자신의 조건에 안주하는 피조물의 무사안일을 표현하고 있지 않다. 완전히 다른 이야기를 하려고 한다. 한 인간이 되는 것은 늘 쉽지 않다. 순수한 인간이 되기는 더더욱 힘들다. 순수하다는 것은 이 세계와 맺은 혈연관계가 실감 나고, 피 끓는 소리가 오후 2시 태양의 숨찬 맥박과 하나가 되는 영혼의 고향을 재발견하는 일이다. 잘 알다시피, 사람은 항상 고향을 상실하는 순간에서야 비로소 고향을 알아본다. 자신의 삶이 팍팍한 사람들에게 고향이란 그들을 부정하는 곳이다. 나는 퉁명스럽게 굴고 싶지 않고 억지를 부리는 듯 보이고 싶지도 않다. 하지만 궁극적으로 나를 부정하는 것은 무엇보다도 스스로를 이 생애에서 죽이는 일이다. 삶을 드높이는 모든 것은 동시에 삶의 부조리도 쑥쑥 키운다. 알제리의 여름 속에서 나는 고통보다 더 일상적으로 부조리한 것은 단 하나뿐이라고 배웠는데, 바로 행복한 한 남자의 삶이다. 하지만 이것은 또한 어쩌면 더 위대한 삶으로 가는 길일지도 모른다. 왜냐하면 우리더러 속이지 말라고 가르치니까.

많은 사람이 사실은 사랑 그 자체를 회피하려고 삶을 사랑하는 척한다. 사람들은 즐기려고 하고, '경험을 쌓으려고' 한다. 하지만 그것은 지성의 관점으로 본 사랑이다. 진정한 쾌락주의자가 되려면 보기 드문 자질을 지녀야만 한다. 한 사람의 삶은 지성의 도움 없이 안으로 물러났다가 밖으로 전진하면서, 동시에 고독과의 동반을 통해 완성된다. 한마디 불평도 없이 일하고 아내와 자식들을 부양하는 저 벨쿠르의 사내들을 보면서, 나는 모두 남몰래 수치스러워할 수도 있다고 생각한다. 분명히 나는 헛짚지 않았으리라. 내가 말하는 이곳 보통 사람들의 삶 속에는 사랑이 많지 않다. 아니, (팍팍하게 살다보니) 더 많이 남지 않게 됐다고 말해야 옳겠다. 하지만 적어도 그 삶은 아무것도 회피하지 않았다. 이 세상에는 죄라는 말처럼 내가 결코 이해하지 못한 몇몇 단어들이 있다. 하지만 내가 아는 바로는 이 사람들이 삶을 거역하는 죄를 짓지는 않았다. 삶을 거역하는 죄가 있다면, 그 삶에 절망하는 것이라기보다는 또 다른 삶을 희망하면서 지금 이곳의 준엄한 위대함을 회피하는 짓이다. 이 사람들은 사기를 치지 않았다. 한때 스무 살짜리 여름의 신들이 삶의 열정으로 살았는데, 그들이 희망을 벗어던진 채 지금도 여기에 있다. 나는 그들 가운데 두 명이 죽는 것을 봤다. 그들은 두려움에 가득 찼지만, 침묵을 지켰다. 그게 더 낫다. 인류의 죄악이 득실거리는 판도라의 상자에서 그리스인들은 맨 마지막에 가장 끔찍한 죄악인 희망을 꺼냈다. 나는 그보다 더 감동적인 상징을 알지 못한다. 왜냐하면 희망이란, 통념과는 달리 체념과 마찬가지이기 때문이다. 그리고 산다는 것은 스스로 체념하지 않는 일이다.

여기에 적어도 알제리의 모진 가르침이 있다. 하지만 벌써 계절은 휘청거리고 여름이 사라진다. 그토록 숱한 폭력과 경직을 겪은 끝에 풀려난 대지의 첫 눈물처럼 9월의 첫비가 며칠 동안 이 고장을 연하게 흠뻑 적시듯이 내린다. 같은 무렵에 캐럽나무는 알제리 전역에 사랑의 향기를 방출한다. 비 그친 저녁이면 대지 전체가 씁쓸한 아몬드 향내 나는 진액으로 배를 적신 채 여름 내내 햇빛에 시달린 제 몸을 쉬게 하려고 드러눕는다. 그리고 새로이 그 향기가 인간과 대지의 결혼을 축복하고, 이 세상에서 유일하고 참으로 씩씩한 사랑을, 소멸하기 마련이지만 너그러운 사랑을 우리 속에서 일으켜 세운다.

노트

바벨우에드에서 듣고 한 자 한 자 옮겨 적은 이 주먹다짐 이야기를 일화로 제시한다. (서술자가 항상 뮈제트 작품에 등장하는 인물 카가유 같은 말씨를 쓰지는 않는다. 놀랄 일이 아니다. 카가유의 언어는 언제나 문학적 언어다. 요컨대 재구성한 언어다. '어둠의 자식들'은 언제나 은어만 구사하지 않는다. 그들은 은어와는 구별되는 변말을 쓴다. 알제 사람들은 언제나 전형

적인 어휘와 특수한 구문을 구사한다. 하지만 그 창조성은 프랑스어에 편입됨으로써 독특한 맛을 풍긴다.)

그리하여 코코가 나서서 다른 놈에게 한마디 던졌거든. "잠시 멈춰, 멈춰." 다른 놈이 받아쳤거든. "왜 그래?" 그래서 코코가 말하길 "너한테 몇 방 먹이겠어"라니까 다른 놈은 "나한테 네가 몇 방 먹인다고?" 했거든. 그러면서 손을 뒤로 뺐지만, 턱도 없지. 그러자 코코가 말했거든. "손을 뒤로 빼지 않아도 돼. 내 너한테 6-35를 왕창 썰어서 먹이면 아무려나 몇 방 먹는 거거든."

다른 놈은 손을 내놓지 않았지. 그래서 코코가 딱 한 방을 그에게 먹였어. 두 방이 아니라 한 방을. 다른 놈은 땅바닥에 쫙 뻗었지. "와우, 와우" 그러는 거야. 그래서 동네 사람들이 몰려왔어. 주먹다짐이 시작됐지. 코코한테 덤비는 한 놈이 있었지. 둘, 셋. 내가 말했거든. "이봐, 네가 내 동생 건드릴 거야?" "누가 네 동생이야?" "내 동생은 아니지만, 내 동생이나 마찬가지야." 그래서 내가 한 방 날렸지. 코코도 치고, 나도 치고, 뤼시앵도 쳤지. 나는 한 귀퉁이를 얻어맞고, 머릿속이 "붕, 붕" 울렸지. 그리고 경찰관들이 달려왔어. 우리한테 쇠고랑을 채웠지. 완전 쪽팔리게 나는 바벨우에드 거리를 가로질렀지. 젠틀맨스

바 앞에는 친구들과 여자애들이 있었지. 쪽팔리게 말이야. 하지만 나중에 뤼시앵 아비가 우리한테 그랬어. "잘들 했다."

사막

—장 그르니에•에게

● 프랑스의 철학자이자 작가인 장 그르니에(1898~1971). 카뮈의 고교 시절 은사였다.

산다는 것은, 당연히, 어찌 보면 표현한다는 것의 반대쪽이 된다. 이탈리아 토스카나 미술의 대가들에 따르면, 그것은 침묵, 불꽃, 부동(不動)을 통해 세 차례에 걸쳐 드러난다.

그들의 미술 작품 속 등장인물들은 오늘날 우리가 피렌체 혹은 피사의 길거리에서 늘 마주치는 사람들과 다를 바 없다. 그 사실을 깨닫는 데는 꽤 오랜 시간이 걸린다. 그런데 마찬가지로 우리는 주위 사람들의 참된 얼굴을 알아볼 줄 모른다. 우리는 동시대 사람들을 제대로 응시하지 않은 채 그들로부터 우리의 처신에 유용한 방향과 규칙을 탐욕스레 찾기만 한다. 우리는 사람의 얼굴보다는 가장 통속적인 처신의 시(詩)를 더 좋아한다. 그러나 조토 혹은 피에로 델라 프란체스카의 경우, 그들은 한 사람의 감성이란 게 보잘것없음을 꿰뚫고 있다. 막말로 심금 따위는 누구나 지니고 있다. 하지만 삶을 향한 사랑이 그 둘레를 빙빙 맴도는 단순하면서도 영원한 주요 감정들, 요컨대 증오, 사랑, 눈물, 그리고 기쁨은 인간의 심층에서 성숙해지면서 그 인간의 운명에 얼굴을 덧씌운다. 조티노가 예수의 입관식을 묘사한 그림에서 이를 악물고 고통스러워하는 마리아처럼. 나는 토스카나 성당들의 거대한 마에스타 제단화(祭壇畫) 속에서 한 사람의 얼굴을 여러 명의 얼굴로 어금버금하게 복사한 천사 집단을 보면서, 저마다 말없이 열정에 사로잡힌 얼굴을 통해 어떤 고독을 깨닫는다.

그 그림이 실제로 담고자 한 것은 분명히 생동감이 넘치는 볼거리, 성서의 에피소드, 화면의 색조, 그리고 감동해야 할 의무다. 그것은 시학(詩學)을 담기도 한다. 그러나 가장 중요한 것은 진실이다. 그래서 내가 말하는 진실이란 오래가는 모든 것이다. 이런 관점에서 화가들만이 우리의 허기를 달랠 수 있다고 생각한다면, 미묘한 가르침을 얻게 된다. 왜냐하면 그들은 육체의 소설가가 될 만한 특권을 누리기 때문이다. 현재라고 불리는 거창하면서도 덧없는 재료로 작업하기 때문이다. 그래서 현재는 늘 몸짓을 통해 드러난다. 그들은 미소 또는 덧없는 수줍음, 후회 또는 기대를 그린다기보다는 울퉁불퉁한 뼈와 뜨거운 피의 얼굴을 그린다. 영원한 윤곽선에 갇혀 응고된 얼굴을 통해 그들은 희망을 포기하는 대가를 치르고 정신의 저주를 완전히 몰아내버린다. 육체는 희망에 무지하기 때문이다. 육체는 제 피가 들끓는 소리만 알아듣는다. 육체의 고유한 영원성은 무심(無心)으로 이뤄진다. 피에로 델라 프란체스카의 그림 〈태형〉을 예로 들 수 있다. 막 깨끗이 물청소를 한 듯한 어떤 마당에서 매 맞고 있는 그리스도와 그에게 매질하는 근육질의 형리는 둘 다 그 태도를 통해 똑같은 초연함을 내비치고 있다. 왜냐하면 태형의 후속 장면이 등장하지 않기 때문이다. 그래서 그림의 교훈은 화폭의 틀에 갇혀 멈춰 있다. 내일이 없는 사람이라면 뭐 하러 감동 따위에 매달리겠는가? 저 무념무상과 저 희망이 없는 인간의 위대함, 저 영원한 현재인 육체야말로 지각이 있는 신학자들이 다름 아닌 지옥이라고 부른 것이다. 그리고 지옥이란, 누구나 알다시피 육체가 고통스러워하는 곳이다. 하지만 토스카나 화가들은 그 육체의 운명이 아니라 바로 그 육체에 주목해서 작업한다. 이 세상에 예언을 말하는 회화란 없으니 미술관은 희망을 품을 이유를 찾으려고 갈 곳이 아니다.

영혼의 불멸성은 실제로 고상한 사람들을 사로잡고 있다. 그들은 자신에게 주어진 유일한 진실이 육체인데도, 그 진수를 다 맛보기도 전에 거부하기 때문에 영혼의 불멸성에 집착하는 것이다. 육체는 그들에게 아무런 문제도 제시하지 않기 때문이거나 적어도 육체가 제시하는 해결책을 알기 때문이다. 그 해결책은 반드시 썩기 마련인 진실이라서 그들이 정면으로 성찰할 엄두조차 내지 못할 정도로 고통스럽고 고귀하다. 고상한 사람들은 그런 진실보다 시를 더 좋아한다. 시는 영혼을 다루기 때문이다. 독자들은 내 말장난을 당연히 눈치챈다. 하지만 내가 더 높은 수준의 시를 오로지 진실이라고 기리려는 의도 또한 알아차린다. 치마부에부터 프란체스카까지 대지에 던져진 이탈리아 화가들이 토스카나의 풍경들 속에서 들어내 인간의 분명한 항의 표시로서 높이 치켜든 그 검은 불꽃이 바로 더 높은 수준의 시다. 그 화가들이 속한 대지는 화려한 광채를 내뿜으면서 존재하지 않는 어떤 신에 대해 쉼 없이 이야기하고 있다.

무심과 무덤덤을 지속한 나머지 한 얼굴이 한 풍경의 무기질 같은 위대함과 하나가 되는 일이 일어난다. 몇몇 스페인 농부들이 제 땅의 올리브나무를 닮게 되듯이, 조토 그림 속의 인물들이 그 가소로운 영혼을 내보이는 그림자 따위는 벗겨진 채 마침내 토스카나가 아낌없이 일러주는 저 유일한 교훈을 통해 토스카나 그 자체와 하나가 된다. 다시 말해서 감정을 내팽개친 열정의 수행, 금욕과 쾌락의 융합, 대지와 인간이 공유하는 어떤 울림, 요컨대 인간과 대지가 다 같이 비참과 사랑 사이의 중간 지점에서 저마다 자신을 규정짓게 하는 울림이다. 사람의 마음이 확신하는 교훈은 이 세상에 그리 많지 않다. 그러나 어둠이 피렌체 들판의 포도밭과 올리브나무들을 말없이 크나큰 슬픔으로 물들이기 시작한 어느 저녁, 나는 그 명백한 진실을 잘 알게 됐다. 하지만 이 지방의 슬픔은 아름다움에 바쳐진 한낱 뜻풀이에 그치지 않는다. 그리고 어둠을 가르며 달리는 기차 안에서 나는 내 안의 어떤 매듭이 풀리는 걸 느꼈다. 슬픔의 얼굴을 지닌 그것이 그래도 행복이라고 불리는 것임을 오늘 내가 부정할 수 있겠는가?

그렇다. 이탈리아는 그가 낳은 사람들이 뚜렷이 형상화한 교훈을 자신의 풍광을 통해서도 아낌없이 보여준다. 하지만 사람에게 행복이란 항상 과분한 것이라서 감지덕지하다가 놓치기 쉽다. 이탈리아에서도 마찬가지다. 그

우아함이 갑작스럽게 나타나긴 하지만, 언제나 즉시 알아차리지 못한다. 이탈리아가 다른 나라에 비해 낫다면, 첫눈에 한꺼번에 맛본 경험을 계속 심화하도록 유도한다는 점이다. 무엇보다도 자신의 진실을 잘 숨기기 위해 시를 펑펑 쏟아내기 때문이다. 그 나라의 첫 요술은 망각의 의식을 거행한다. 예를 들어 모나코의 유도화, 꽃향기와 생선 비린내로 가득 찬 제노바, 그리고 리구리아 해안의 푸른빛 저녁이 있다. 이어서 드디어 피사, 그곳과 함께 리비에라 해안의 다소 천박한 매력을 상실한 이탈리아가 나타난다. 하지만 여전히 좀 만만한 이탈리아, 내 잠시 그 관능적 우아함에 몸을 던지지 않을 까닭이 있는가. 내 경우, 여기 있는 동안 닦달당할 리가 없고(할인 승차권을 산 처지라 내가 선택한 도시에서 어느 정도 묵어야 할 의무가 있었으므로 허겁지겁 일정에 쫓겨 다니는 여행자의 고통에서 벗어났고), 지치고 허기진 채 피사에 들어선 첫날 저녁에 사랑하고 이해해야 할 대상에 대한 내 인내심은 바닥날 줄 모르는 듯했다. 역 광장에서는 우레와 같은 소리를 내는 열 개의 확성기가 모두 젊은 군중을 향해 사랑 노래의 물결을 쏟아붓는다. 나는 벌써 내 바람이 무엇인지 알겠다. 이 생명의 약동 다음에 올 기묘한 순간이리라. 문 닫은 카페들,

갑작스레 되돌아온 고요 속에서 나는 짧고 어두운 거리를 지나 도시의 중심으로 가리라. 컴컴하고 금빛이 감도는 아르노강, 노란색과 초록색의 조형물들, 인적이 끊긴 도시, 밤 10시의 피사가 낯선 고요와 물과 돌을 걸치고서 낯선 무대로 둔갑하는 이 느닷없고 교묘한 꼼수를 어떻게 묘사할 것인가. "그날 밤은 여느 밤과 같았지, 제시카!" 그 독특한 무대 위에, 신들은 셰익스피어 작품 속 연인들의 목소리를 내면서 출연한다. 꿈이 우리를 껴안으려고 할 때 우리는 꿈을 껴안을 줄 알아야 한다. 사람들이 이곳에서 찾고자 하는 더 내밀한 노래의 첫 화음을 나는 깊어가는 이탈리아의 밤에 이미 느낀다. 내일, 오로지 내일 들판은 아침을 맞아 부풀어 오를 것이다. 하지만 나는 여러 신 가운데 하나의 신이 되어 '사랑으로 뒤설레는 종종걸음'으로 달아나는 제시카를 보면서 내 목소리를 로렌초의 목소리에 섞는다. 그러나 제시카는 구실에 지나지 않는다. 이 사랑의 충동은 그녀를 추월한다. 그렇다. 내 생각에 로렌초는 그녀를 사랑한다기보다는 그녀를 사랑하도록 허락해준 그녀에게 고마워한다. 하지만 왜 이 저녁에 베네치아의 연인들을 생각하면서 베로나의 연인들은 잊어먹을까. 이곳에서는 불행한 연인들을 찬양하도록 하는 게 하나도 없기 때문이다. 사랑을 얻기 위한 죽음처럼 허망한 것은 없다. 무조건 살아야 한다. 그래서 살아 있는 로렌초가 비록 장미꽃 나무를 곁에 두고 있더라도 땅에 묻힌 로미오보다 낫다. 그러하니 이 살아 있는 사랑의 축제 속에서 어찌 춤을 추지 않을 수 있겠는가. 그뿐이랴. 언제라도 구경할 시간이 있을 숱한 기념물들 한가운데에 있는 피아차 델 두오모의 짧게 깎은 잔디밭에서 오후의 낮잠을 자고, 분수에서 약간 미지근하지만 목 넘김이 좋은 물을 마시고 나서 우뚝 솟은 콧날을 세운 채 자신만만한 입술로 웃던 그 여인을 또 보러 가지 않을 수 있겠는가. 다만 이 입문 의식이 더 높은 수준의 계시를 받아들이려는 예비 단계라는 걸 알아둬야 한다. 그것은 디오니소스로 분장한 축제 일꾼들을 엘레우시스로 데려가는 찬란한 행렬에 지나지 않는다. 인간은 기쁨 속에서 그 계시의 가르침을 맞으려 하고, 극도의 취기에 이르면 오히려 육체가 각성해서 검은 피를 상징으로 삼는 신성한 신비와의 소통을 영원히 기린다. 내가 처음 만난 이탈리아의 정열 속에서 길어 올린 자기 망각은 바야흐로 우리를 희망이라는 굴레에서 벗어나게 하고 역사로부터 우리를 구출하는 교훈을 제시하려고 한다. 마치 우리가 바랐던 유일한 행복이 우리를 황홀케 하면서 동시에 사그라지고 마는데도 거기에 매달리듯이, 우리는 아름다움의 대공연을 보면서 육체와 순간이라는 두 겹의 진실을 붙잡지 않을 수 없다.

가장 역겨운 유물론은 흔히 생각하는 것과는 달리 죽은 관념을 생생한 현실로 착각하게 하는 유물론이다. 그것은 우리 안에서 영원히 죽어야 마땅한 것에 우리가 기울이는 집요하고 명료한 관심을 비생산적 신화 쪽으로 돌려놓는다. 피렌체의 산티시마 안눈치아타에서 죽은 자들이 안치된 수도원에 갔을 때, 내가 아마도 어떤 절망감으로 착각할 뻔했으나 사실은 분노에 지나지 않은 어떤 느낌 때문에 흥분했던 일이 기억난다. 비가 내리고 있었다. 나는 무덤의 평석과 봉헌물 위에 새겨진 명문(銘文)들을 읽어봤다. 이 사람은 다정한 아버지, 성실한 남편이었단다. 저 사람은 가장 좋은 남편이자 동시에 빈틈없는 상인이었다. 참하기 그지없던 어느 젊은 여인은 프랑스어를 "마치 모국어처럼" 구사했다고 한다. 저쪽의 아가씨는 집안의 희망이었는데 "그러나 땅 위의 기쁨이요, 순례자였다"라고 쓰여 있다. 그러나 그 어느 글도 내 가슴에 와닿지 않았다. 명문에 따르면 거의 모두가 체념한 채 죽음을 맞았고, 아마 다른 의무도 다 받아들였기 때문에 그러했을 것이다. 그날 수도원에 아이들이 몰려와서, 망자들의 덕행을 영원히 기리는 무덤의 평석 위에서 개구리뜀 놀이를 했다. 그때 밤이 내렸고, 나는 어느 기둥에 등을 기댄 채 땅바닥에 앉아 있었다. 한 사제가 지나가면서 내게 미소를 지었다. 교회에서 풍금 소리가 나직하게 들려왔고, 풍금의 따뜻한 음색이 아이들의 합창 소리 뒤에서 간간이 되살아났다. 홀로 기둥에 기대고 있던 나는 마치 누군가에게 목을 졸리면서도 최후의 진술을 하듯 자신의 신앙을 외치는 사람이 된 듯했다. 내 안의 모든 것이 그와 유사한 체념에 대해 항의하고 있었다. "마땅히 그래야 한다"라고 묘비명은 말하고 있었다. 하지만 아니야, 나의 반항은 옳았다. 길 위에 선 순례자처럼 무심하면서도 몰입한 채 나아가는 그 기쁨을 따라 나도 한 발자국씩 따라가야 했다. 그 밖에 나머지에 대해서 나는 '아니오'라고 말했다. 나는 전력을 다해 '아니오'라고 말했다. 무덤의 평석들은 그래봤자 아무짝에도 쓸모없고, 인생은 "해와 함께 떠올라 해와 함께 지는 것"이라고 내게 일러주고 있었다. 하지만 지금까지도 여전히 나는 '아니오'의 쓸모없음 때문에 나의 반항에서 무엇이 빠져나갔는지 모르겠고, 오히려 그 쓸모없음이 내 반항에 보탬이 된다고 확연히 느낀다.

그건 그렇고, 내가 말하고자 하는 건 이게 아니다. 나는 반항하는 마음속 깊이 체득한 진실을 더욱더 뚜렷이 그리고 싶었고, 내 반항은 그 진실의 여파에 지나지 않았다. 그 하나의 진실이란, 산타 마리아 노벨라 수도원의 철 지나 핀 작은 장미꽃 송이부터 시작해서 피렌체의 그 일요일 아침에 헐렁하게 상의를 차려입어서 젖가슴이 자유롭고 입술이 촉촉한 여자들까지 아우른다. 그 일요일엔 성당 귀퉁이마다 도톰하고 화사한 꽃들이 물을 흠뻑 머금은 채 진열대에 가득 놓였다. 거기에서 나는 일종의 '순진함'을 찾았고, 동시에 어떤 보상도 받았다. 여자와 마찬가지로 꽃도 너그러운 풍만함을 지니고 있었고, 내가 보기에 여자를 갈망하거나 꽃을 탐내거나 큰 차이가 없었다. 똑같이 순수한 마음만 있으면 충분했다. 그렇다고 한 남자의 마음이 자주 순수를 느낀다는 얘기는 아니다. 하지만 적어도 그 순간에, 그의 의무는 각별하게 자신을 정화시켜준 걸 진실이라고 부르는 것이다. 마치 그날 내 경우처럼 다른 사람의 눈에 신성모독으로 보일지라도 말이다. 월계수 향기가 충만한 피에솔레의 프란체스카 수도원에 가서 나는 아침나절을 보냈다. 꽤 오랫동안 붉은 꽃들, 햇

별, 노랗고 검은 꿀벌들로 터질 듯한 작은 정원에 머물렀다. 한 귀퉁이에 초록색 물뿌리개 하나가 놓여 있었다. 그에 앞서 나는 수도사들의 방에 들렀다가 죽은 사람의 두개골이 하나씩 놓인 작은 탁자들을 보았었다. 그러고 나니 정원에 펼쳐진 수도사들의 열망이 눈에 들어왔다. 사이프러스들이 빼곡하게 심어진 도시를 향해 급경사를 이룬 언덕을 따라 나는 피렌체로 돌아온 참이었다. 내가 보기에 이 세계의 광휘, 이 여자들, 이 꽃들이 수도사들의 삶을 정당화해주는 듯했다. 그 정당화는 어떤 극빈에 처했을지라도 이 세계의 사치와 풍요에 섞일 줄 아는 모든 사람의 정당화이기도 하다는 사실을 부정하지 못했다. 돌기둥과 꽃밭 사이에 둘러싸인 프란체스코 수도원의 생활과 알제의 파도바니 해변에서 1년 내내 햇볕을 쬐며 보내는 청년들의 생활을 비교하면서 나는 하나의 공통된 울림을 느꼈다. 그 청년들의 탈의는 더 위대한 삶(그렇다고 다른 내세의 삶이 아니라)을 찾고자 하는 행동이다. 적어도 '헐벗음'이라는 말이 이럴 때 가장 적절하다. 벌거벗음은 늘 육체적 자유의 의미를, 손과 꽃의 조화를, 인간성에서 해방된 사람과 대지가 맺는 사랑의 결합을 지닌다. 아, 아직도 그 결합이 내 종교가 아니라면 나는 곧 개종하리라. 아니, 내 말은 신성모독이 아니다. 조토가 그린 성 프란체스코 초상화에 담긴 내면의 미소가 행복을 탐닉하려는 사람들을 정당화한다고 말하더라도 더더욱 신성모독이 아니다. 왜냐하면 신화가 종교에, 시학이 진실에 가하는 것들은 모두 삶의 열정 위에 덧씌워진 우스꽝스러운 탈바가지들이기 때문이다.

좀 더 멀리 나가볼까? 피에솔레에서 붉은 꽃을 보며 사는 그 수도사들이 제 방에는 해골을 갖다놓고 명상의 자양분으로 삼는다. 창밖에는 피렌체가 있고, 책상 위에는 해골이 있다. 절망 속에서 어느 정도 계속 있다보면 기쁨이 생겨날 수도 있다. 삶의 온도가 어느 정도에 이르게 되면, 영혼과 혈액의 융합 덕분에 의무에도 신앙에도 무심한 채 온갖 모순을 딛고서 편안하게 살게 된다. 그래서 나는 어느 거침없는 손길이 피사의 어느 담벼락 위에 "나 알베르토는 내 누이를 사랑했다네"라고 써서 자신의 유별난 명예 관념을 요약한 것을 보고도 놀라지 않는다. 이탈리아가 근친상간의 땅이라든지 더 의미심장하게도 근친상간을 노골적으로 고백하는 땅이라는 사실에 더는 놀라지 않는다. 왜냐하면 아름다움에서 불멸로 가는 길은 고통스럽지만 분명하기 때문이다. 아름다움에 투신한 지성은 무(無)를 먹고 산다. 목이 메도록 장대한 저 풍경 앞에서 인간의 생각들은 저마다 인간을 삭제한다. 그래서 이토록 압도적인 확신 아래 이내 인간이 부정당하고, 눌리고, 다시 눌리고, 흐릿해진 나머지 이 세계 앞에는 수동적인 진실만 아는 저 형태 없는 반점 혹은 그것의 색채 혹은 그것의 태양 말고는 아무것도 서 있지 못한다. 이토록 순수한 저 풍경들은 영혼을 무미건조하게 하고, 그 아름다움은 차마 견딜 수 없다. 이 돌과 하늘과 물의 복음서에는 이 세상의 무엇도 부활하지 않는다고 적혀 있다. 가슴속의 이 장엄한 사막 깊은 곳에서는 이제부터 이 지방 사람들을 겨냥한 유혹이 시작된다. 이 고귀함의 대장관을 보면서, 아름다움의 희박한 공기를 맡으며 자라난 정신의 소유자들이 위대성과 선(善)의 일치를 잘 믿지 못한다고 한들 뭐 그리 놀랄 일이겠는가? 어떤 인간 지성은 자신을 완성시켜줄 신을 깨닫지 못하면 지성을 부정하는 것 속에서 신을 찾는다. 보르자 교황은 바티칸에 당도해서 외친다. "이제 신이 우리에게 교황권을 주셨으니, 서둘러 그 권한을 즐겨야 하리라." 그리고 그는 말한 대로 행한다. 서둘러라, 적절한 발언이다. 그런데 우리는 그 말을 통해 포만감에 젖은 존재들에 고유한 절망을 이미 느낀다.

어쩌면 내가 잘못 생각하고 있는지도 모른다. 왜냐하면 결국 나는 피렌체에서 행복했고, 나보다 앞서 그토록 숱한 타인들이 행복했었으니까. 하지만 한 존재와 그가 이끄는 실존 사이의 소박한 조화가 아니라면 행복이란 도대체 무엇인가? 인간의 오래 살고픈 욕망과 그의 죽을 운명에 대한 두 겹의 의식이 아니라면 인간을 삶에 이어줄 그 어떤 적당한 조화가 또 있겠는가? 우리는 이로써 적어도 아무것에도 의존하지 않는 방법을 배우고, 우리에게 '필연적으로' 주어지는 현재를 유일한 진실로 여기는 것을 배운다. 이탈리아와 지중해는 모든 것이 인간의 척도에 맞게 생긴 고대의 땅이라고들 말하고 있음을 나는 잘 안다. 하지만 그 땅은 어디에 있고, 우리를 거기로 인도하는 길은 어디에 있는가? 내 척도와 만족을 찾아 두 눈을 뜨게 내버려달라! 벌써 눈에 보인다. 피에솔레, 제밀라, 그리고 햇빛 속의 항구들. 인간의 척도? 침묵과 죽은 돌들. 그 나머지는 모두 역사에 속해 있다.

하지만 여기서 멈추어서는 안 되리라. 아무도 행복이란 온 힘을 다해 낙관주의에서 떨어지지 않으려고 한다고 말한 적이 없으니까. 행복은 사랑에 연결되어 있다. 사랑은

낙관과는 전혀 다르다. 어느 시간, 어느 장소에서는 행복이 너무 고통스러울 수 있기에 우리가 행복 자체보다는 행복의 약속을 선호한다는 사실을 잘 안다. 그러나 행복의 약속을 선호하는 것은 행복할 시간 또는 장소에서 내가 사랑할 마음, 요컨대 단념하지 않을 마음을 충분히 지니지 못했기 때문이다. 이쯤에서 인간이 대지와 아름다움의 축제 속으로 들어가야 한다고 말해야 한다. 왜냐하면 그 순간에 풋내기 신도가 마지막 베일을 벗듯이 우리가 인간성이라고 하는 푼돈을 신 앞에서 포기하기 때문이다. 그렇다. 행복 따위는 보잘것없어 보이게 만드는 더 높은 행복이 있다. 피렌체에서 나는 보볼리 공원 꼭대기에 올라갔다. 몬테 올리베토 동산과 지평선 끝까지 뻗어나간 도시의 고지대가 보이는 전망대까지 갔다. 언덕마다 올리브나무들이 미세한 연기처럼 뿌옇게 보였고, 그 올리브나무 숲이 뿜어낸 옅은 안개 속에서 올리브나무보다 더 단단한 사이프러스들이 물줄기처럼 솟아올랐다. 가장 가까운 것이 초록색, 가장 먼 것이 검은색이었다. 깊고 푸른 하늘에는 무거운 구름 떼가 반점처럼 찍혀 있었다. 오후가 끝날 무렵, 온 사방이 적요해지자 은빛 광선이 내려왔다. 산머리는 처음에 구름에 잠겨 있었다. 하지만 산들바람이 일면서 그 숨결이 내 얼굴에 느껴졌다. 바람과 더불어 산 너머에서 구름 떼가 무대의 막이 열리듯이 갈라졌다. 그와 동시에 산꼭대기의 사이프러스들이 느닷없이 드러난 푸른 하늘을 배경으로 단숨에 솟아올라 키가 커진 듯했다. 나무들과 더불어 산 전체, 그리고 올리브나무들과 돌들로 꾸며진 풍경이 서서히 다시 떠올랐다. 다른 구름 떼가 찾아왔다. 막은 다시 닫혔다. 산은 사이프러스와 집을 동반하곤 다시 내려앉았다. 그러고 나서 다시 여기서는 구름 떼의 굵은 주름을 펴주는 산들바람이 더 먼 곳, 군데군데 흐릿한 산 위에서 구름 주름을 다시 접고 있었다. 세계가 크게 숨을 들이마셨다가 내쉬는 가운데 똑같은 숨결이 몇 초 간격으로 형성됐다. 그 숨결은 때때로 세계 차원에서 어떤 둔주곡을 연주하면서 공기와 돌의 주제를 되풀이했다. 매번 주제는 한 음계씩 낮아졌다. 조금 더 멀리 그 곡조를 따라가면 따라갈수록 나는 조금 더 차분해졌다. 가슴에 민감하게 와닿는 이 경치의 끝에 이르러 나는 이 산 저 산이 다 함께 숨을 내쉬면서 마치 대지 전체의 노래를 부르듯이 탈주하는 장면을 한눈에 조망했다.

수백만 명의 시선이 이 풍경에 꽂혀왔음을 나는 알고 있었다. 내게는 마치 하늘의 첫 미소 같았다. 말의 깊은 의미에서 그것은 나를 내 바깥으로 꺼내놓았다. 내 사랑과 돌의 이 아름다운 외침이 없다면, 모든 것이 쓸데없음을 내게 확신시켰다. 이 세계는 아름답다. 그리고 그것을 떠나서는 구원의 길이 없다. 세계는 정신이 아무것도 아니고, 마음 역시 아무것도 아니라는 진실을 내게 차근차근 깨우쳐줬다. 그리고 태양에 따뜻해진 돌이나 하늘을 배경으로 솟아나는 사이프러스는 '옳다'는 말이 타당한 저 유일한 세계를 한정하려고 치는 경계선이라는 진실도 깨우쳐줬다. 요컨대 인간이 없는 자연이 진실이라는 것이다. 그래서 이 세계는 나를 무화(無化)한다. 나를 저 극단까지 몰고 간다. 성내지 않으면서 나를 퇴짜 놓는다. 피렌체의 들판에 저녁이 내릴 무렵 나는 달관의 경지를 향해 나아가고 있었다. 하지만 아쉽게도 두 눈에 눈물이 가득하지 않았더라면, 내 안을 가득 채운 시심의 무거운 흐느낌이 세계의 진실을 까먹게 하지만 않았더라면 모든 것이 극복된 달관의 경지에 이르렀을 텐데.

이제 이 이야기를 끝낼 균형 상태에 이른다. 이 절묘한 순간에 영성은 도덕을 내쫓아버리고, 행복은 희망의 부재로부터 태어나고, 정신은 육체에서 존재의 근거를 찾는다. 모든 진리가 제 안에 쓴맛을 지니기 마련이라고 하면, 모든 부정이 긍정의 꽃 피어남을 내포하고 있다고 해도 맞는다. 그렇다면 우리가 세계를 관조함으로써 태어나는 이 희망 없는 사랑의 노래는 가장 효과적인 행동 규범을 형상화할 수도 있다. 피에로 델라 프란체스카의 그림에서 무덤 밖으로 나와 부활하는 예수는 인간의 시선을 지니고 있지 않다. 그 어떤 행복감도 얼굴에 그려져 있지 않다. 하지만 오로지 거칠고 영혼이 없는 어떤 위대함이 깃들어 있을 뿐이다. 내 눈에는 살고자 하는 어떤 결의로 보일 수밖에 없다. 현자는 백치처럼 말수가 적다. 그런 예수의 귀환이 나를 황홀하게 한다.

하지만 이런 가르침을 내가 이탈리아 덕분에 깨쳤는가 아니면 내 가슴에서 뽑아냈는가? 틀림없이 그 교훈이 내 앞에 나타나 보인 곳은 여기가 틀림없다. 그러나 그것은 이탈리아가 다른 특별히 선택된 장소들과 마찬가지로 아무리 그래봤자 인간의 죽음도 당연히 내포하고 있는 아름다운 장관을 내게 보여주기 때문이다. 이곳에서도 진리가 소멸할 수밖에 없다는데 그 무엇이 더 황홀할까? 내가 진리를 바란다고 하더라도 전혀 소멸하지 않을 진리를 갖고 내가 무엇을 해야 하나? 그 진리는 내 척도에 맞지 않는다. 그런데도 그런 진리를 사랑한다고 하면 거짓부렁이리라. 한 인간이 자신의 삶을 송두리째 포기하는 일이 꼭 절망 때문만은 아니라는 사실을 우리는 잘 모르고 있다. 충동과 절망은 우리를 다른 삶으로 인도하지만, 오로지 대지의 가르침에 대해 끓어오르는 애착을 드러낼 뿐이다. 하지만 인간은 어느 정도 의식이 맑아지면, 스스로 단호한 결심을 느끼고, 반항 의지도 요구 사항도 없이 지금껏 자신의 삶이라고 여겨온 것에, 요컨대 몸부림이라고나 할 것에 등을 돌릴 수 있다. 랭보가 단 한 줄의 시도 쓰지 못하고 (아프리카 방랑길에 나서) 아비시니아로 가고 만 까닭은 모험심이나 절필 결심 때문이 아니다. 그저 "사정이 그와 같으므로" 그러한 것이고, 우리는 어느 정도의 맑은 정신에 이르게 되면, 가슴 막힘을 느끼게 되고, 지금까지 이해하지 않으려고 애쓴 일을 제 자질에 따라 기꺼이 받아들이고 말기 때문이다. 이쯤 하면 독자 여러분은 우리가 어떤 사막의 지리학에 착수할 때라고 느끼게 된다. 그러나 그 기묘한 사막은 자신의 갈증을 전혀 달래지 않은 채 사막에서 살 능력이 있는 사람들에게만 감지된다. 그제야, 오로지 그제야 그 사막의 곳곳에서 상쾌한 행복의 물이 넘쳐흐르게 된다.

보볼리 공원에서 내 손이 닿을 만큼 가까이에 거대한 금빛의 감 여럿이 터진 속살 사이로 걸쭉한 즙을 흘리면서 매달려 있다. 이 얕은 동산과 과즙이 풍부한 열매들 사이에 나는 서 있다. 한쪽에는 나를 이 세계에 일치시키는 저 은밀한 형제애가 있고, 또 다른 쪽에는 내 손 위로 늘어진 저 오렌지빛 과육을 향해 나를 떠미는 배고픔이 있다. 그 둘 사이에 내가 서 있다. 몇몇 사내들을 금욕에서 쾌락으로, 욕정의 궁핍에서 욕정의 충만으로 인도하는 마음의 방망이질을 나는 깨닫는다. 나는 인간을 세계에 일치시키는 연결 고리와 그 두 겹의 이미지에 경탄하곤 했고 여전히 경탄한다. 그 두 겹의 이미지 속에 내 마음이 개입해서 이 세계가 완성하거나 파괴할 인간 행복의 정확한 한계에 이르기까지 그 행복을 받아 적을 수 있다. 피렌체! 내 반항의 핵심에 어떤 동의(同意)도 잠들어 있음을 깨닫게 한 유럽의 드문 장소들 가운데 하나. 눈물과 햇빛이 뒤섞인 그 하늘에서 나는 대지에 동의하고, 그 축제의 어두운 불꽃 속에서 타오르는 방법을 배웠다. 나는 실감했다……. 하지만 무슨 말을? 어떤 미친 짓을? 어떻게 사랑과 반항의 조화를 예찬할 수 있을까? 우리의 대지여! 신들이 비우고 떠나버린 그 거대한 사원에서 모든 우상의 발은 겉만 번지르르하게 진흙으로 빚어져 이내 허물어질 듯하다.

지중해 청춘의 순수한 관능

알베르 카뮈의 산문집 《결혼》은 〈티파사에서의 결혼〉, 〈제밀라의 바람〉, 〈알제의 여름〉, 〈사막〉으로 꾸며졌다. 이 네 편의 에세이는 카뮈가 스물셋에서 스물넷이란 풋풋한 나이에 쓴 것으로, 소설, 희곡, 철학 산문, 시사평론에 걸쳐 다양하게 글쓰기를 시도한 카뮈의 저작 중에서 서정성이 가장 높다고 평가받는다. 청년 카뮈의 단내 나는 숨결이 짙게 풍기기 때문이다. 그가 젊어서 쓴 글이기에 순수한 관능과 감성의 발산을 주저하지 않으면서 동시에 눈앞에 펼쳐진 세계와 삶을 차분하게 관조하며 성찰하는 지성도 빛난다. 무릇 사람이 젊은 시절에 읽기 좋은 글이다.

이 책은 스탕달의 소설에서 따온 인용문을 맨 앞에 내걸었다. 책 전체에 담긴 생각의 핵심을 에돌아 전하기 위해 제사를 넣은 것이다.

> 사형집행인은 카라파 추기경의 목을 비단 밧줄로 매달았지만, 밧줄이 끊어졌다. 두 차례나 더 매달아야 했다. 추기경은 굳이 말 한마디 해주지 않은 채 사형집행인을 바라봤다.

청춘의 자긍심

교수형을 당하는 추기경으로서는 기가 막힐 노릇이리라. 한 번 죽은 줄 알았다가 깼는데, 두 번째로 죽어야 하니. 죽음의 공포를 배로 느끼게 된 상황에서 웬만한 사람이라면 실성하는 게 정상이 아닐까. 그런데 이 인용문에서 추기경은 '굳이' 한마디 불평도 하지 않은 채 사형집행인을 바라보기만 한다.

원문 '굳이 말 한마디 해주지 않은 채(sans daigner prononcer un mot)'에서 동사 'daigner'는 남에게 '애써 ~해주다'라는 뜻을 담고 있다. 남에게 '감히' 뭐라 뭐라 하는 것과는 전혀 다르다. 사형장에서 두 번 목이 매달리는 상황에서 추기경이 공포에 질린 나머지 생사의 향방을 쥔 사형집행인에게 한마디 말도 못 했다고 한다면 '감히'의 뜻이 담긴 동사 'oser'라든가 그 비슷한 단어를 쓰는 게 더 적절하다. 하지만 카뮈가 인용한 문장에서 'daigner'가 쓰인 까닭은 추기경이 '굳이' 그보다 신분이 낮은 사형집행인에게 애써 뭐라 하지 않았기 때문이다. 그가 마지막 순간까지 깨어 있는 자세로 죽음을 꼿꼿이 마주 보았음을 강렬하게 묘사한 것이다.

프랑스에서 카뮈 전문가들이 펴낸 《알베르 카뮈 사전》에 따르면, 스탕달의 소설을 인용한 카뮈의 의도는 〈제밀라의 바람〉에서 잘 드러난다고 한다. 카뮈는 행복한 죽음의 순간을 거론하면서 "나는 끝까지 환하게 깨어 있고 싶고, 내가 지닌 질투와 공포가 넘쳐나는 가운데 나의 최후를 응시하고 싶다"라고 썼다. 카라파 추기경의 당당한 태도가 그처럼 자명한 상태에서 죽음을 응시하는 삶의 최후를 웅변하므로 책의 첫머리를 장식한 셈이다. 카뮈는 또한 '인간은 세계와 분리됨에 따라 죽음을 두려워하게 되므로, 인간이 스스로 의식하는 죽음을 창조함으로써 세계와의 간격을 줄이게 된다'라고 했다. 청년 카뮈는 세계와 자신 사이의 간격을 줄이기 위해 삶에 대한 자명한 의식을 추구했다.

청년 카뮈의 에세이는 영원히 끝나지 않을 듯한 청춘 예찬에 그치지 않고, 인간이라면 마침내 마주해야 할 죽음의 문제까지 아우르고자 했다. 그가 젊은 나이에 쓴 책의 첫머리를 스탕달 소설의 죽음에 대한 묘사로 꾸민 까닭이 그러하다. 그의 어록 중 여전히 사람들에게 회자되는 것을 꼽으라면 "참으로 진지한 철학의 문제는 자살"(《시시포스의 신화》)일 것이다. 인간이 결국 죽음에 이르고 마는 삶을 허무주의에 사로잡혀 자살로 끝내지 않고 계속 이어가는 까닭이 무엇인지 물어야 하는 게 철학의 최우선 과제라는 얘기다. 카뮈는 그러한 철학 에세이를 쓰기 이전에 이미 청년 작가의 심정으로 쓴 글을 통해 죽음을 직시함으로써 죽음을 넘어서는 힘을 청춘의 자긍심에서 찾으려고 했다. 〈티파사에서의 결혼〉을 통해 카뮈는 폐허를 거닐면서 죽음의 축적을 뚫고 솟아나는 꽃의 색채와 향기를 만끽하고, 바다에 뛰어들어 물살을 가르는 청년의 초상을 자화상으로 제시하면서 자신의 삶으로 느끼는 자긍심을 드높여 죽음의 중력을 떨치는 청춘의 힘을 형상화하려고 했다.

폐허와 봄의 결혼

허버트 R. 로트먼이 쓴 평전 《카뮈, 지상의 인간》에 따르면, "그는 시간만 나면 알제에서 서쪽으로 100킬로미터 떨어진 티파사에 갔다"라고 한다. 티파사는 고대 페니키아인들이 지중해 연안에 세운 무역도시였다. 도시는 바다를 내려다보는 세 개의 언덕 위에 건설됐다. 이후 카르타고, 로마, 비잔티움 세력으로 주인이 바뀌면서 수 세기 동안 여러 문명의 자취를 담은 유적지가 됐다. 유네스코의 유튜브 채널에서 로마 시대 부유한 상인의 집, 재판소, 무덤 등 비교적 잘 보존된 유적지 영상을 볼 수 있다. 인터넷에서 'Tipasa'를 검색어로 입력하기만 하면 그 외에도 풍성한 현장 풍경을 음미할 수 있다.

카뮈는 〈티파사에서의 결혼〉을 통해 어느 화창한 날 향쑥 내음이 진동하는 폐허를 거닐면서 바다를 내려다보고, 정오의 태양에 몸을 맡긴 환희를 묘사했다. 그는 "나를 송두리째 휘어잡는 것은 저 자연과 바다의 위대하고 자유분방한 사랑"이라면서 "이러한 폐허와 봄의 결혼 속에서 폐허의 잔해들은 다시 돌이 되어 인간의 손길이 낸 광택을 지워버리면서 자연으로 회귀했다"라고 적었다. 카뮈는 폐허를 뚫고 솟아나는 붉은 꽃의 향연을 통해 옛사람이 세운 석물이 식물 속으로, 자연 속으로 해체되는 과정을 중력에 빗대 음미했다. "오늘에서야 마침내 폐허의 과거가 폐허를 떠났으니, 추락하기 마련인 사물들의 중심으로 폐허를 다시 데려가는 저 심오한 힘 앞에서 폐허는 해찰을 부리지 못한다"라는 것.

카뮈 평전에 따르면, 카뮈는 티파사에서 하루 이상 보낸 적이 없다고 한다. 그는 친구들과 함께 종종 티파사에 가곤 했는데, 그에게 시의 여신 뮤즈처럼 영감을 준 여자친구 크리스티안 갈랭도의 매력에 심취해 그녀를 '라 테르'(대지)라고 부르면서 떠올린 시상으로 노래 부르듯이 산문을 썼다고 한다.

관조와 수영

카뮈는 사람이 세계를 접할 때 '보다'에서 출발해 감각하고 '응시하다'를 거쳐 지각한 뒤 '관조하다'를 통해 성찰에 이르기를 권한다. 그의 글 곳곳에서 시각은 뭍에서 사람이 세계를 느끼고 합일을 도모하는 수단이다. "이 대지 위에서 본다는 것, 아하, 이 가르침을 어찌 잊겠는가? 엘레우시스 밀교 의식에 참석한 사람들은 오로지 관조하기만 해도 충분했다"라는 대목을 보라. 카뮈는 여기에 그

치지 않고, 대지를 바다와 이어주려고 한다. 그는 이 책에서 여러 차례 해수욕의 즐거움을 예찬한다. 티파사에서 그는 바다에 뛰어든다. 엄밀하게 말해서, 대지와 바다가 맞붙은 곳으로 뛰어든다. 뭍에서 시각에만 의존한 그는 물에서 촉각을 총동원한다. "그토록 오래전부터 대지와 바다가 입술을 맞대고 열망한 포옹을 내 살갗 위에서 이뤄줘야 한다"라는 것. 대지와 바다의 자유분방한 사랑을 실현하는 매개체는 바로 사람, 그것도 젊은이라는 얘기다. 육체와 관능, 실존의 성찰을 모두 아우르는 행동이 관조와 수영을 통해 표출된다. 청춘의 아름다움을 맘껏 예찬하는 표현 수단이 그토록 싱싱한 몸짓의 수영이라고 묘사한 청년 카뮈의 문체 자체가 물 흐르듯 유려하다.

카뮈는 더 나아가서 청춘의 자긍심을 부추긴다. "모든 아름다운 것은 저마다 제 아름다움에 자연스레 자긍심을 지니고 있고, 오늘날 세상은 그 자긍심이 여기저기서 배어 나오게 놔둔다"라면서 "그 세상 앞에서, 내가 삶의 환희에 전적으로 목을 매서는 안 되는 줄 알고 있는데, 굳이 삶의 환희를 부정할 필요가 있겠는가? 행복하게 사는 것은 부끄러운 일이 아니다"라고 말한다.

외롭지 않은 고독

카뮈는 티파사에서 산책을 마치면서 충족감을 맛보았다. 그는 "내가 온종일 만끽한 기쁨은 유별난 하나의 성공이 아니라, 때로는 그저 행복해지는 일조차 의무 사항으로 만들어버리는 생의 어떤 조건을 부듯하게 충족시킨 듯했다"라면서 "그러고 나서 우리는 고독을 되찾고, 이번에는 충족감과 더불어 고독해진다"라고 썼다. 홀로 티파사의 폐허를 거닐면서 충만한 삶의 환희를 느끼기에 혼자 있어도 외롭지 않은 고독의 상태에 이르렀다는 것.

카뮈는 밤이 내리는 순간, 충만한 고독의 절정을 느꼈다. "바다, 들판, 이 땅의 향기를 통해 내 몸은 향기로운 생명으로 채워지고, 나는 벌써 금빛으로 물든 이 세계의 과일을 깨물면서, 그 달고 강렬한 과즙이 입술을 따라 흐르는 느낌에 압도당했다"라는 것인데, 그 충만감은 "세계와 나 사이에 사랑이 태어나게 하는 저 조화와 침묵"을 통해 완성됐다. 카뮈는 그 고독이 세계와 자아 사이에 이루어진 사랑을 담고 있다는 점에서 자폐적 탐닉에 그치지 않고, 타인과 더불어 그 충만한 고독을 나누고 싶다는 연대의식을 늘 지녔다.

"나는 그 사랑을 오롯이 나 혼자만을 위해 요구할 만큼 어리석지는 않았다. 태양과 바다로부터 태어나서 활달하고 풍류를 즐기고, 단순함 속에서 위대함을 길어 올리고, 해변에 똑바로 서서 저 하늘의 찬란한 미소에 공모의 미소를 던지는 종족이 있었다." 아마도 카뮈가 제 고향인 알제리를 비롯해 지중해 연안 지대에 사는 사람들을 향한 동류의식을 표현한 듯하다. 카뮈는 프랑스인이면서 알제리인이기도 했지만, 더 엄밀하게 말해서 '지중해인'이라는 의식을 평생 지니고 있었기 때문이다. 그는 실제로 '지중해 문화'를 자주 역설했다. 그의 산문에서는 태양과 바다가 늘 되풀이되고, 그리스 신화와 비극, 그리고 철학이 변형되어 나타난다.

제밀라, 알제, 피렌체

카뮈는 알제리 북쪽에 놓인 제밀라의 고대 로마 도시 유적지를 둘러본 뒤 〈제밀라의 바람〉을 썼다. 그는 "정신 자체를 부정하는 어떤 진실은 그 정신이 죽는 장소에서 태어난다"라고 대담하게 첫 문장을 썼다. 대뜸 이게 무슨 소리인지 처음에는 잘 이해하기 힘들었다. 카뮈가 제밀라 산책을 다 마칠 때까지 다 읽고 나서야 감이 잡혔다. 내 깜냥으로는, 청년 카뮈가 '정신'의 관념성과 추상성이 사라진 장소에서 도드라지는 사물의 실제적 진실을 강조했다고 봤다. 제밀라 산책을 마치고 다시 길을 떠나면서 카뮈는 이렇게 썼다. "그래, 맞아. 숱한 인간과 사회가 이곳을 번갈아 차지했다. 정복자들은 저급한 문명으로 이 고장에 표식을 남겼다. 그들이 생각하는 위대함은 저열하고 우스꽝스러웠고, 정복한 땅의 면적으로 제국의 위대함을 가늠했다. 경이롭게도 정복자들이 세운 문명의 폐허가 바로 정복자들의 이상(理想) 자체를 부정한다."

제밀라를 정복한 정복자들의 이상, 즉 정신이 죽는 장소가 된 뒤에야 제밀라가 그 본질과 세계의 진실을 드러냈다는 것일까. "이 세계는 늘 인간의 역사를 정복하고 만다"라는 카뮈의 단언은 세계와 자연의 힘 앞에서 인간 역사의 허망하고 하잘것없음을 당연히 지적했다. 더 나아가서 역사를 정신의 영역에 가두려는 인간의 사변도 거부했다. 카뮈는 이후에 쓴 글에서도 역사를 이성의 전개라는 차원에서 사변적으로 다룬 헤겔의 역사철학을 종종 비판했는데, 그 생각의 뿌리가 제밀라에서 형성된 셈이다. 그는 알제 대학에서 철학을 전공했고, 철학 에세이를 썼지만, 늘 문학의 영역에서 글을 쓴다고 생각했다. "하나의 철학 체계를 수용하기에는 합당한 이성이 부족하다"라며 철학의 정신 앞에서 손사래를 쳤다. 그는 자기 소설을 실존주의 철학에 연결하는 것도, 그 자신을 실존주의자로 부르는 것도 거부했다.

〈알제의 여름〉은 제 '참된 고향'에 바친 글이다. 카뮈는 프랑스 식민지 알제리에서 태어난 프랑스인이지만, 그의 유년기는 식민지 종주국 사람의 특권을 전혀 누리지 못했다. 그가 태어나 첫돌도 맞기 전에 그의 아버지는 제1차 세계대전 때 징집돼 전사했고, 지독한 가난을 가족에게 남겼다. 어머니는 문맹이었고, 잡역부로 일하면서 가족을 먹여 살렸다. 어린 카뮈는 축구를 좋아했지만, 포지션은 언제나 골키퍼였다. 공을 차면서 뛰었다가는 새 운동화를 살 처지가 안 되는 어머니에게 야단을 맞았기 때문이다. 그래서 청년 카뮈는 늘 알제리 하층민들에게 연대 의식을 느꼈다. "이곳에서 태어나 감수성이 예민한 사람이 누리는 관능적 풍요는 동시에 저 극빈의 삶과 겹친다. 쓴맛을 주지 않는 진실은 없다. 그러니 내가 이 고장의 얼굴을 가장 사랑할 때는 가장 가난한 사람들과 함께 있을 때라고 한들 어찌 놀랄 일이겠는가."

알제의 여름은 청춘의 초상 그 자체였다. 카뮈는 늘 태양과 바다를 이어 붙였다. 그 매개체는 인간의 해수욕이었다. "정신의 진화와 마찬가지로 육체의 진화도 나름대로 역사와 귀환과 전진과 결핍을 골고루 품고 있다. 오로지 색깔의 미묘한 차이로 드러날 뿐. 여름철 해수욕장에 가보면, 온갖 육체의 피부가 동시에 흰색에서 금빛으로 변했다가 이윽고 갈색이 되고 마침내 둔갑할 수 있는 능력의 최대치인 담배 색깔로 마무리되는 과정이 한눈에 파악된다."

프랑스의 갈리마르 출판사가 펴낸 《결혼·여름》 폴리오 문고본의 뒤표지에는 카뮈가 알제의 해변 댄스 클럽에서 감탄한 여성의 춤 묘사를 인용했다. 아마 그 장면이야말로 청년 카뮈가 지향하고자 한 순수한 관능을 대변한다고 여긴 모양이다. "다만 오후 내내 줄곧 춤을 추고 있던 기막히게 훤칠한 아가씨는 기억난다. 그녀는 허리춤에서 다리까지 땀으로 착 달라붙은 푸른색 옷을 입고 목에는 재스민꽃 목걸이를 걸치고 있었다. 그녀는 춤출 때 웃어대면서 머리를 뒤로 젖혔다. 그녀가 테이블 곁을 스쳐 지나가면, 꽃과 살이 뒤섞인 향내가 뒤에 남았다."

〈사막〉은 이탈리아 피렌체 여행기다. 그의 스승인 철학자 장 그르니에에게 바친 글이다. 그는 제밀라에서 정신의 죽음 뒤에 빛나는 세계의 진실을 예찬했는데, 피렌체 여행을 통해서는 종교와 시학의 포장을 벗기고 구체적 삶의 진실을 정면으로 마주하는 기쁨을 드높이려고 했다. 그는 이탈리아 르네상스 시대의 화가들이 그린 종교화를 응시하면서 "그들은 미소 또는 덧없는 수줍음, 후회 또는 기대를 그린다기보다는 울퉁불퉁한 뼈와 뜨거운 피의 얼굴을 그린다"라고 한 뒤 "영원한 윤곽선에 갇혀 응고된 얼굴을 통해 그들은 희망을 포기하는 대가를 치르고 정신의 저주를 완전히 몰아내버린다"라고 서슴없이 썼다.

그토록 정신의 관념성을 거부한 카뮈는 이 글을 계속 써나가면서 해수욕을 즐기는 청년들의 탈의를 헐벗고 황량하지만 꾸밈이 없는 대지의 무기질에 겹쳐 순수한 관능으로 표현하기도 했다. 결국 카뮈는 티파사에서 맛본 세계와 자아 사이의 사랑을, 그 실존적 결혼을 피렌체의 산꼭대기에서 다시 음미했다. "가슴에 민감하게 와닿는 이 경치의 끝에 이르러 나는 이 산 저 산이 다 함께 숨을 내쉬면서 마치 대지 전체의 노래를 부르듯이 탈주하는 장면을 한눈에 조망했다"라는 것.

이 글을 마치면서 카뮈는 그처럼 외롭지 않은 고독의 상태를 사막의 역설에 비유했다. "이쯤 하면 독자 여러분은 우리가 어떤 사막의 지리학에 착수할 때라고 느끼게 된다. 그러나 그 기묘한 사막은 자신의 갈증을 전혀 달래지 않은 채 사막에서 살 능력이 있는 사람들에게만 감지된다. 그제야, 오로지 그제야 그 사막의 곳곳에서 상쾌한 행복의 물이 넘쳐흐르게 된다."

카뮈 문학을 가르쳐주신 김화영 선생님

나는 청년 시절에 카뮈 문학을 김화영 고려대 명예교수님의 번역을 통해 배웠다. 홀로 카뮈 문학 전집을 완역한 김화영 선생님이 일깨워주신 카뮈 문학에 매료된 나머지 나는 원문으로 읽고 싶어서 프랑스어를 익히게 됐다. 카뮈의 《결혼·여름》도 선생님의 번역을 통해 1987년 스물여섯 살에 처음 읽었고, 너무 좋은 나머지 어설픈 프랑스어 실력으로 더듬더듬 원서를 읽어나가면서 젊은 날을 보냈다. 이제 예순을 넘겨 청춘 시절의 독서를 회춘제라도 먹는 양 되풀이하다가 덜컥 이 책을 우리말로 옮기고 말았다. 김화영 선생님 번역의 탁월함을 새삼 느꼈다. 다만 젊은 날의 내 가슴에 와닿은 카뮈의 언어를 나름대로 끄적끄적 옮겨보고, 오늘의 젊은이들과 나누고 싶다는 욕심이 앞선 나머지 새 번역이라는 모험에 뛰어들었다. 작업을 하던 중 카뮈의 주요 산문을 영역한 선집 《Lyrical and

Critical Essays》(Vintage Books, 1970)를 참고하기도 했다.

박해현

휴세 에세이 001

결혼

1판 1쇄 발행일 2022년 10월 17일

지은이 알베르 카뮈
옮긴이 박해현

발행인 김학원
발행처 (주)휴머니스트출판그룹
출판등록 제313-2007-000007호(2007년 1월 5일)
주소 (03991) 서울시 마포구 동교로23길 76(연남동)
전화 02-335-4422 **팩스** 02-334-3427
저자·독자 서비스 humanist@humanistbooks.com
홈페이지 www.humanistbooks.com
유튜브 youtube.com/user/humanistma **포스트** post.naver.com/hmcv
페이스북 facebook.com/hmcv2001 **인스타그램** @boooook.h

편집주간 황서현 **편집** 이성근 이은서 김대일 김선경 **디자인** 김태형
용지 화인페이퍼 **인쇄** 청아디앤피 **제본** 민성사

ISBN 979-11-6080-904-6 04860
979-11-6080-486-7 (세트)

• 이 책은 저작권법에 따라 보호받는 저작물이므로 무단 전재와 무단 복제를 금합니다.
• 이 책의 전부 또는 일부를 이용하려면 반드시 (주)휴머니스트출판그룹의 동의를 받아야 합니다.